D0820766

SYLVIA DAY

UN NUEVO CORAZÓN

Traducción de Ana Alcaina

 Planeta

Título original: *Butterfly in Frost*

© Sylvia Day, LLC, 2019
Esta edición ha sido posible gracias a un acuerdo con Amazon Publishing,
www.apub.com
© por la traducción, Ana Alcaina, 2019
© Editorial Planeta, S. A., 2019
Avda. Diagonal, 662-664, 08034 Barcelona (España)

Primera edición: noviembre de 2019
ISBN: 978-84-08-21682-7
Depósito legal: B. 21.772-2019
Composición: Realización Planeta
Impresión y encuadernación: Rotapapel
Printed in Spain - Impreso en España

El papel utilizado para la impresión de este libro está calificado como **papel
ecológico** y procede de bosques gestionados de manera **sostenible**.

Para la familia Tabke, por servirme de inspiración con vuestra fortaleza, vuestra compasión y vuestra fe

1

—No son ni las nueve de la mañana y ya estoy medio borracha...

Mi vecina Roxanne, que acaba de abrirme la puerta de su casa de par en par en respuesta a mi llamada, aparece ante mí con los ojos chispeantes. Sus dos perras, una weimaraner muy escandalosa y un cruce de corgi y chihuahua más escandalosa todavía, corren a darme la bienvenida.

—¿Qué estás celebrando?

Me agacho, preparada para recibir la embestida de los dos cuerpos lanudos y cálidos. Al levantar la vista, me fijo en los vaqueros que cubren las piernas kilométricas de Roxy y en la camisa blanca de diseño clásico que lleva anudada a la cintura. Como siempre, está impecable sin que parezca haber invertido el más mínimo esfuerzo.

Me sonríe.

—Los lunes es el día de desayunarse con un mimosa, doctora.

—¿Ah, sí? —Acaricio a base de bien a los dos animales, sintiéndome halagada por tan alegre recibimiento—. Pues no seré yo quien te lleve la contraria, amiga mía. En alguna ocasión he prescrito un cóctel, muy de vez en cuando.

—Pero si tú nunca bebes...

Me encojo de hombros.

—Porque no me sienta bien el alcohol; soy de esas personas que se ponen lloronas cuando se emborrachan.

La calurosa bienvenida que me están dando *Bella* y *Minnie* la impulsan a decirme:

—Te han echado de menos. Yo también te he echado de menos.

—Pero si ni siquiera he estado fuera el tiempo suficiente para que me extrañarais tanto...

Me pongo de pie, felicitándome por haber conseguido, no sé cómo, ahorrarme los lametones de las dos lenguas gemelas.

Me quedo sin aliento cuando Roxy me estrecha en un fervoroso abrazo. Me saca poco menos de un palmo, es varios años mayor que yo y va muy por delante de mí en cuanto a belleza y glamur.

Da un paso atrás, me mira detenidamente y, tras llegar a algún tipo de conclusión, asiente con la cabeza. Deslizo la mirada sobre la explosión de bucles que le llegan hasta el hombro, una melena rizada que enmarca su cara ovalada. Tiene los ojos castaños, varios tonos más claros que su piel, y relucen con el brillo de un alma buena de verdad.

—¿Cómo está Manhattan? —pregunta mientras me toma del brazo y me empuja al interior de la casa.

—Tan frenética como siempre.

—¿Y mi pareja de famosos favorita? —Cierra la puerta a nuestra espalda con el pie—. ¿Siguen estando igual de guapos, glamurosos y podridos de dinero? ¿Ella ya se ha quedado embarazada? Puedes hablarme en confianza: no se lo diré a nadie.

Sonrío. Yo también he echado de menos a Roxy. Es una chismosa, pero no tiene mala intención. Aun así, es incapaz de guardar un secreto más de cinco minutos.

—Sí, Gideon y Eva Cross siguen siendo una pareja increíble, en todos los sentidos. Y no soy la ginecóloga de Eva, así que no puedo decirte si está embarazada. En cualquier caso, con lo bien que se te da sonsacarle información a la gente, estoy segura de que te enterarás en cuanto se quede.

—¡Sí! Ojalá... El embarazo de Kylie Jenner demostró que hasta las famosas pueden tener secretos. —Sus ojos se iluminan de emoción—. Así que puede que Eva esté embarazada y lo esté llevando así, en secreto.

Me sabe fatal decepcionarla, pero...

—Para que conste, no mostraba ninguna señal evidente de tener una barriga de embarazada.

—Maldita sea. —Roxy hace pucheros—. En fin, qué le vamos a hacer... Todavía son jóvenes.

—Y están muy ocupados. —Como trabajo para ellos, lo sé de primera mano.

—¿Qué llevaba ella cuando la viste? Quiero una descripción completa: conjunto de ropa, zapatos, accesorios...

—¿Conjunto de ropa? ¿Cuál de ellos? —pregunto inocentemente—. La vi más de una vez.

Se le ilumina el rostro.

—Ay, madre. ¡Salgamos a almorzar al Salty's y me lo cuentas todo!

—Mmm... Tal vez puedas convencerme, sí —bromeo.

—Mientras tanto... —Su perfume vaporoso se desvanece cuando se traslada a la sala de estar—. Tienes que ponerte al día, tengo tanto que contarte...

—Pero si sólo he estado fuera tres semanas. ¿Qué novedades puede haber en tan poco tiempo?

Sigo a *Bella* y a *Minnie* hasta la entrada de dicha sala y al instante me siento cómoda en el entorno familiar. Decorado básicamente en blanco con toques de azul marino y dorado, el estilo tradicional de la casa de Roxy es elegante y acogedor. Distribuidas aquí y allá por toda la estancia hay piezas de mosaico de colores vivos —posavasos, cuencos decorativos, jarrones y objetos similares— hechas por ella misma y que sus empleados venden en el Pike Place Market.

Sin embargo, son las vistas panorámicas del estrecho de Puget Sound, al otro lado de los ventanales, las que acaparan toda la atención.

El paisaje del Estrecho, junto con las islas de Maury y Vashon, me deja sin aliento. Una gigantesca barcaza roja y blanca, cargada con contenedores multicolores de mercancías apilados unos encima de otros, se aleja de Tacoma con maniobras sumamente cuidadosas, reduciendo la velocidad en previsión del brusco cambio de dirección necesario para salir de Poverty Bay. Un remolcador, que parece minúsculo en comparación con la barcaza, se acerca en la dirección opuesta. Las embarcaciones privadas, que varían de tamaño, desde pequeños botes neumáticos hasta lanchas motoras, salpican los amarres cerca de la costa.

No me canso nunca de contemplar el agua resplandeciente y los barcos que van y vienen a todas horas. De hecho, he extrañado muchísimo estas vistas mientras estaba en Nueva York.

Y pensar que una vez me juré a mí misma que, igual que había nacido en la Gran Manzana, también moriría allí... Definitivamente, ya no soy la que era.

Miro el gigantesco árbol centenario que hay al borde del acantilado, buscando el blanco reluciente e inconfundible de la cabeza de un águila calva. La rama desnuda que les sirve de asiento favorito está ahora vacía, pero a lo lejos, la hilera de aviones que inician el descenso desde el norte hacia el aeropuerto de Seattle-Tacoma me indica en qué dirección sopla el viento. Me vuelvo y veo a Roxy acabando de deslizar los pies en unas deportivas de un blanco inmaculado.

Se levanta.

—Supongo que ya sabes que te perdiste la reunión de vecinos... otra vez. Me parece que no has ido a ninguna desde las vacaciones, ¿me equivoco?

Me escabullo por la esquina para eludir la pregunta y recojo las correas de las perras, colgadas de los ganchos de la pared del vestíbulo.

—Vamos a ver, ¿de verdad me perdí algo? Seguro que no mucho.

Cada mes aparecen en nuestras calles carteles que anuncian la fecha y el lugar de la siguiente reunión de la comunidad, un recordatorio útil para planificar mis viajes de trabajo a Nueva York. Las reuniones con mucha gente suelen resultarme un poco problemáticas, y es mejor evitarlas en la medida de lo posible.

—Emily se presentó con su jardinero. —Roxy se me acerca y se sujeta con un clip en la trabilla del pantalón un tubo de bolsas biodegradables para las cacas de perro—. Resulta que están saliendo, si es que puede llamarse así.

La noticia hace que me pare en seco mientras veo con el rabillo del ojo a las perras dar vueltas de entusiasmo sin parar.

—¿Ese crío? Pero ¿qué tendrá...? ¿Dieciséis años, como mucho?

—Dios... —La risa de Roxy es deliciosa y gutural—. Lo parece, ¿verdad? Pues en realidad tiene veinte.

—Puaj.

Emily es una escritora superventas que acaba de pasar por un doloroso proceso de divorcio. Como yo también he vivido lo mismo en carne propia, le deseo lo mejor. Es una lástima que la reciente ristra de novios de la misma edad que su hijo esté escandalizando a todo el vecindario.

—Las experiencias traumáticas pueden dejar muy tocada a la gente.

A pesar de la simpatía y la solidaridad que siento por su situación, me cuido mucho de dejar traslucir ese sentimiento en mi voz. Todos llevamos nuestra propia coraza, cada uno a su manera. La mía consiste en reinventarme.

—Oye, lo entiendo perfectamente, pero traerte a la reunión de la comunidad a tu ligue adolescente, sobre todo a uno que corta el césped de algunos de tus vecinos, es del género idiota, simplemente. Tendrías que haber visto las miradas que le lanzaban cada vez que se volvía de espaldas... Qué miedito.

Las dos nos inclinamos para colocarles las correas a las perras.

—Pues sí que me he perdido cosas, sí —bromeo, apuntándome mentalmente que tengo que enviarle a Emily un mensaje de apoyo.

—Eso no es todo.

—¿Ah, no? —Me ocupo de *Minnie* mientras Roxy se encarga de *Bella*. Nunca nos las hemos dividido explícitamente; es la costumbre. Igual que tenemos por costumbre sacar juntas a pasear a las perras un par de veces por semana, una rutina programada que me permite salir de casa y disfrutar de la luz del sol, siguiendo las indicaciones de mi médico.

Roxy empieza a dar saltitos de entusiasmo.

—Les y Marge han vendido su casa.

Pestañeo varias veces.

—No sabía que la tuviesen en venta.

Se ríe y se encamina hacia la puerta principal.

—Eso es lo bueno, que no la tenían en venta.

—Espera, ¿qué? —Corro tras ella mientras sale afuera, con *Minnie* correteando a mi lado y apartando la cola de la puerta cuando la cierro a mi espalda.

Miro a la derecha, a mi casa, una preciosa construcción reformada de estilo años cincuenta, de tejados tipo alas de mariposa con las aguas invertidas, y luego miro hacia la casa de estilo tradicional un poco más allá, el hogar de Les y Marge... hasta ahora. Contando la de Roxy, nuestras tres casas disponen de una parcela de terreno excepcional que las separa de las otras que flanquean la calle y el estrecho del Sound, lo que nos ofrece unas vistas únicas y espectaculares del mar, así como grandes dosis de intimidad, todo ello a apenas veinte minutos en coche del aeropuerto.

Roxy aminora el paso para que pueda darle alcance y luego me mira.

—Justo al día siguiente de que te fueras a Nueva York, un Range Rover aparcó en el camino de entrada de su casa y el tipo que lo conducía les ofreció dinero en metálico para que empaquetaran todas sus cosas y se fueran en catorce días.

Doy un traspié y, por un momento, *Minnie* se queda enredada en su correa. La perra me lanza lo que interpreto como una mirada de irritación y, acto seguido, sigue trotando hacia delante.

—Qué barbaridad.

—¿A que sí? Les no quiso decirme cuánto dinero les ofreció, pero me imagino que sería una cantidad alucinante.

Seguimos andando por la pendiente del camino, y yo inclino la cabeza hacia atrás para observar las casas que escalan la ladera. Diseñadas con amplios ventanales para sacar el máximo partido a las vistas, es como si llevaran dibujada en la fachada una expresión perpetua de maravillado asombro. Antes, nuestro pequeño rincón del Puget Sound era un secreto muy bien guardado, pero con el *boom* inmobiliario que han vivido las ciudades de Seattle y Tacoma, ahora nos han descubierto. Muchas de las casas están inmersas en importantes reformas para satisfacer los gustos de los nuevos propietarios.

Cuando llegamos a la carretera, giramos a la izquierda. A la derecha hay una calle sin salida.

—Bueno, si ellos están contentos... —digo—. Me alegro por los dos.

—Están un poco agobiados. Fue demasiado repentino, pero sí, creo que están contentos con su decisión.

15

Roxanne se detiene cuando lo hace *Bella* y esperamos mientras las dos perras marcan uno de sus lugares habituales en la grava que bordea el asfalto. En las calles de nuestro vecindario no hay bordillos ni aceras, sólo hermosas extensiones de césped y abundantes arbustos en flor.

—Todos intentamos sonsacarles información —continúa—, pero no quisieron soltar prenda sobre la venta. —Me mira de reojo—. Aunque sí dijeron algo sobre el comprador.

—¿Y por qué me miras así?

—Porque Mike y yo estamos convencidos de que el comprador es un famoso, un director de cine tal vez, o un pintor. ¿Te lo imaginas? Primero Emily, una autora superventas; luego tú, una cirujana de *realities*... ¡Y ahora ese vecino misterioso! A ver si resulta que estamos en el nuevo Malibú, ¡viviendo en la playa, pero sin incendios forestales y sin tener que pagar impuestos estatales!

La mención del marido de Roxy, Mike, me arranca una sonrisa. De origen neoyorquino como yo, aporta un toque entrañable de la vida que dejé atrás a la realidad que me he creado para mí misma desde entonces, una realidad que acaba de sufrir una buena sacudida por la pérdida de unos vecinos que me caían francamente bien.

—¿En qué os basáis para pensar eso? —pregunto, decidiendo seguirle el juego. Si algo he aprendido a lo largo de todo este pasado año es a aceptar las cosas que no

16

puedo cambiar. Una tarea difícil para una obsesa del control como yo.

—Les le dijo al comprador que ni siquiera había visto el interior de la casa, y el otro le contestó que no le hacía falta, que ya sabía que «la luz es perfecta». A ver, ¿quién podría decir algo así? Tiene que ser alguien que trabaje en el mundo de las artes visuales, ¿verdad?

—Puede ser —comento, mostrándome tímidamente de acuerdo, aunque inquieta por esta conversación inesperada. La carretera de repente se eleva ante nosotras, con una pendiente lo bastante inclinada para que me quemen un poco los muslos—. Aunque eso no significa que sea famoso.

—Pero es que eso es lo raro. —Percibo en su voz una leve falta de aliento—. Les no quiso hablar de números, pero dijo que no entendía cómo ese hombre no había preferido comprar esa finca tan increíble que está en venta al final de la calle. ¡El precio de esa casa es de tres millones y medio de dólares!

Siento vértigo sólo de pensarlo. Les y Marge tienen —tenían— una casa preciosa, pero no vale eso, ni mucho menos.

—Me pareció ver al comprador una vez a través de ese ventanal en arco de la sala de estar —continúa Roxy—. La rubia que estaba con él era espectacular. Delgada como una supermodelo y con unas piernas interminables.

Para cuando llegamos a la cima, estoy jadeando;

Roxy, que va a un gimnasio casi todos los días, está tan fresca.

Cuatrocientos metros más adelante, a la derecha, hay una calle que conduce a Dash Point. Más allá, en línea recta, la carretera traza un camino descendente hasta llegar al nivel del agua. Redondo Beach está allí, igual que el Salty's, un restaurante apuntalado sobre unos postes en el agua con amplias vistas de Poverty Bay y más allá. Estoy a punto de ponerme en plan poético sobre la sopa de marisco del Salty's cuando un *runner* dobla la esquina, corriendo a toda velocidad. Su aparición repentina me produce un sobresalto; una mirada más atenta hace que me quede petrificada en el sitio. Siento que me falta el aire en los pulmones.

Son demasiadas cosas para procesarlas todas al mismo tiempo, así que mi cerebro intenta absorber al hombre al completo: vestido únicamente con shorts y unas deportivas negras, es un espectáculo para la vista, con la piel intensamente bronceada, los intrincados dibujos en los tatuajes de los brazos y una poderosa musculatura recubierta de sudor.

Y su cara. Esculpida. De mandíbula cuadrada. Brutal y exageradamente guapo.

Roxy, que está unos metros por delante de mí, lanza un silbido por lo bajo.

—Madre mía...

El sonido de su voz me recuerda que tengo que respirar. Siento que me arde la piel, caliente y húmeda de sudor. Tengo el pulso demasiado acelerado para echarle la culpa al ejercicio físico.

Al principio no nos ve, a pesar de que corre en nuestra dirección. Tiene la cabeza en otra parte, y el cuerpo en piloto automático. Sus piernas largas y fuertes devoran el asfalto bajo sus pies. Sus brazos se balancean a un ritmo regular y controlado. Es impresionante la elegancia con que se mueve su cuerpo a esa velocidad, tan aerodinámico y eficiente. Hay belleza y poderío en la simplicidad de sus zancadas, y soy incapaz, absolutamente incapaz, de quitarle los ojos de encima. Sé que estoy mirándolo embobada y que debería apartar la vista, pero no puedo.

—¿Tú estás viendo lo que veo yo? —pregunta Roxy, incapaz ella también, al parecer, de mirar a otro lado.

Unos ladridos frenéticos interrumpen nuestro estado de trance. *Bella* y *Minnie* han visto al desconocido corriendo a toda velocidad hacia nosotras.

—¡Eh! —exclama Roxy, tirando de la correa de *Bella*—. Ya basta.

Sin embargo, yo sigo todavía demasiado atónita para reaccionar a tiempo. *Minnie* decide echar a correr. Su correa se me escapa de las manos, como si no la hubiera estado sujetando. Sale disparada antes de que pueda detenerla, moviendo las patitas tan rápido que se difuminan en una imagen borrosa, directa hacia él.

—Maldita sea.

Ahora yo también salgo corriendo hacia él, y entonces me ve. No muestra ningún signo de sorpresa cuando dos mujeres boquiabiertas y sus descontroladas mascotas lo sacan de su ensimismamiento. El trazo firme de su boca se tensa mientras su gesto distraído se transforma en una expresión de firme determinación. Y no reduce la velocidad.

Mi instinto animal me incita a huir, a escapar. Ese hombre es como un ciclón furioso a punto de abalanzarse sobre mí, y un impulso de supervivencia me pide a gritos que me bata en retirada.

—¡*Minnie!* —grito deslizando una mano hacia la correa mientras corro. No alcanzo mi objetivo—. Será posible...

—¡*Minnie Bear!* —suelta Roxy, y la pequeña perra se detiene de inmediato y se da media vuelta para correr hacia su dueña.

Yo soy casi igual de ágil. Cambio de dirección para esquivar al hombre, que está a punto de estrellarse contra mí, y así cruzar al otro lado de la calle.

—¡¡Teagan!!

El grito de pánico de Roxy llamándome por mi nombre hace que vuelva la cabeza... justo a tiempo de ver al Chrysler 300 viniendo directamente hacia mí.

La adrenalina entra en acción y me lanzo de un salto hacia delante, mientras el ruido chirriante de unos frenos hace que se me erice el vello de la nuca. Siento que algo me golpea por detrás con la fuerza suficiente para apartarme de la carretera y arrojarme al césped de mi vecino.

Sin aliento y aterrorizada aún, tardo unos segundos en darme cuenta de que estoy bien.

Y de que el pedazo de hombre, macizo, duro y sudoroso del que huía hace apenas unos segundos está justo encima de mí.

2

—¿Estás mal de la cabeza? —me suelta lanzándome una mirada asesina.

Me doy cuenta de que está muy muy enfadado. Y también de que aún es más guapo de cerca.

Tiene unos preciosos ojos de color entre verde esmeralda y avellana, con destellos dorados que irradian desde el centro. Sus pestañas son exageradamente gruesas, tan tupidas y oscuras que es casi como si llevara delineador de ojos. Las cejas también son negras y gruesas, y se arquean sobre esos ojos luminosos y furibundos. Tiene unos pómulos que quitan el sentido, y los labios fruncidos en una línea firme y severa.

Me zarandea.

—¿Me has oído?

Y, sí, estoy analizando el rugido bronco de su voz. Me recuerda a un bar con música de jazz. Su voz tiene sabor a whisky y a tabaco.

Está a horcajadas encima de mí, chorreando de sudor, y es como si estuviera conectada a un desfibrilador, con unas corrientes punzantes y dolorosas que me electrizan todo el cuerpo. Mi pecho se contrae con mi trabajosa respiración, y cada vez que tomo aire inspiro su olor, un olor a cítricos y a feromonas, y a virilidad sana y vigorosa.

—Teagan —repite mi nombre con un gruñido, me sujeta por los hombros y me levanta un poco—. Di algo.

Los bíceps y los pectorales —Dios, hay que ver qué macizo está este hombre— se contraen bajo la piel tatuada y la tableta de abdominales.

—Teagan. —Roxy asoma por detrás de él, luchando por sujetar a *Minnie* y a *Bella*. Puede que esas dos sean de otra especie, pero también quieren echarse encima de él—. ¿Se puede saber en qué narices estabas pensando?

El hombre me deja de nuevo en el suelo y se endereza.

—No, si no estaba pensando... —señala.

Al levantar la vista para mirarlo recuerdo lo alto que es. Me tiende una mano y la acepto sin más; percibo el contacto un segundo después, cuando su piel toca la mía, y la descarga que se produce me golpea con más contundencia que su embestida de antes. Me levanta del suelo y luego retira la mano, frotándosela distraídamente sobre el pecho.

—Tengo mejores cosas que hacer que ver cómo un coche te deja despachurrada sobre el asfalto —me dice con tono glacial.

Este hombre no tiene nada de blando, ni en el cuerpo

ni en su personalidad. Tampoco en su rostro, que es demasiado masculino para ser hermoso, pero, por algún motivo, lo sigue siendo de todos modos. Y, desde luego, no en su increíble magnetismo. Eso es lo que me resulta más chocante, la tensión sexual que se palpa entre nosotros.

Yo también me froto la palma de la mano, sintiendo aún un leve cosquilleo residual.

—Bueno, pues gracias por salvarme la vida.

—Sí, gracias —dice Roxy, llevándose la mano al corazón—. Me has dado un susto de muerte.

Él me perfora con la mirada.

—¿Estás bien?

—Estoy bien. —Sólo que tengo el pelo hecho un desastre, con la trenza toda deshecha, voy sin maquillar y tengo que depilarme las cejas, y todo eso me hace sentirme cohibida e insegura. Ojalá estuviera más presentable. La apariencia física también puede ser una coraza.

En ese momento me doy cuenta de que eso es lo que me recuerdan sus tatuajes: la coraza de un guerrero. Los dibujos recorren sus anchos hombros y le cubren los pectorales y los omóplatos antes de deslizarse por esos impresionantes brazos.

Se pasa la mano por el pelo, me da la espalda y se va.

—Oye, por cierto, soy Roxanne —dice mi amiga, que, con su tono de voz, quiere darle a entender que está pisando una línea muy fina.

Él se da media vuelta y regresa sobre sus pasos con

una mano extendida, haciendo gala una vez más de su poderosa elegancia. Por su temperamento, parece un hombre que se enciende fácilmente, pero todo lo demás en él es frío como el hielo.

—Garrett.

—Encantada de conocerte, Garrett. —Le estrecha la mano y luego dirige el brazo hacia mí—. Y esta chica atolondrada de aquí es la doctora Teagan Ransom.

Garrett la mira entornando los ojos y luego me mira a mí con expresión incrédula. Cuando vuelve su atención hacia Roxy, lo hace en forma de tajante despedida.

—Pues procura que tu amiga no se acerque mucho a la calle, Roxanne.

A continuación, se va y empieza a correr de nuevo, hasta que desaparece por la orilla de la carretera con la misma rapidez con que apareció.

Roxy y yo lo observamos hasta perderlo de vista. *Bella* y *Minnie* corren tirando de sus correas, ladrando.

—Bueno —dice mi amiga mientras salimos del césped—. Eso ha sido más emocionante de lo que esperaba a una hora tan temprana de la mañana.

Temblorosa y desconcertada, me planteo si no sería mejor dar por terminado el paseo y volverme a casa.

Roxy me toca el codo.

—¿De verdad que estás bien?

—Sí.

Sigo andando, reanudando mi rutina. Un paso delante del otro. El corazón aún me late demasiado rápido, con la dosis de adrenalina todavía muy elevada en mi torrente sanguíneo. Es el instinto de luchar o salir huyendo enfrentado al *shock* mental.

Hacía mucho tiempo de la última vez que algo me recordaba que soy una mujer.

A pesar del largo paseo y del relajado almuerzo, aún sigo un poco descolocada cuando enfilo el camino de entrada a mi casa. Llevo toda la mañana tratando de recobrar la serenidad, y me saca de quicio no ser capaz de hacerlo.

Después de todo este tiempo, me doy cuenta de que no he llegado tan lejos como creía.

Mientras rodeo el edificio independiente del garaje y me dirijo a la puerta principal, no puedo evitar echarle un vistazo al elegante Range Rover negro aparcado de cualquier manera en la entrada de la casa vecina.

El duro trozo de hielo que hay dentro de mí todavía me duele.

Estoy enfadada. Tenía planeados todos y cada uno de mis días en adelante: nueva ciudad, nuevos amigos, nuevas rutinas... Medio año de terapia y adaptación, ¿para qué? Mis vecinos se mudan y me siento como si me hubieran engañado, como si la nueva vida que me he construido viniera acompañada de la garantía de que nada va a cambiar.

Con determinación consciente, exhalo el aire de los pulmones y trato de hacer que mi ansiedad desaparezca con él. Saco las llaves del bolsillo cuando me acerco a la puerta de mi casa y deslizo una en el cerrojo. En cuanto se abre, introduzco la misma llave en el ojo de la cerradura del pomo original, de los años cincuenta, en el centro de la puerta. Una vez dentro, vuelvo a cerrar ambas cerraduras, dejo las llaves en la consola de la entrada y desactivo el sistema de alarma antes de agotar el margen de tiempo y de que suene el ruido ensordecedor.

Seguir todos los pasos en el mismo orden preestablecido me calma un poco, pero es estar de vuelta en mi casa, sola, lo que me proporciona el mayor de los alivios. Miro el sofá con ansia, tan cansada que lo único que quiero es acurrucarme en los cojines y quedarme dormida para siempre. Sé lo que significa este cansancio; sé qué es lo que viene ahora, pero eso no implica que pueda evitarlo.

En vez de eso, miro hacia la pared de cristaleras que dan al Sound. El ala izquierda del tejado de mariposa de la casa se levanta y abarca la chimenea de doble cara y el comedor, con enormes ventanales que, a modo de tragaluces, siguen la elegante línea ascendente para que nada impida ver las majestuosas vistas. Al otro lado de las verdes protuberancias de las islas Maury y Vashon, la extensa cordillera de las Olympic Mountains se alza hacia el oeste y se extiende hacia el sur. Algunos días, la espesa niebla oculta de tal modo las montañas que éstas desaparecen, pero en un día despejado como hoy puedo ver los picos nevados que se prolongan por la costa.

Contemplo la vista, dejando que la imagen familiar

me apacigüe. Me quedo de pie en el centro del salón el tiempo suficiente para ver pasar otro carguero de dimensiones descomunales con rumbo a Tacoma. La luz del sol brilla en el agua, que se mueve suavemente, y las boyas con las trampas para cangrejos se mecen al mismo ritmo.

Aquí reina la tranquilidad, todo es muy distinto del ritmo frenético y el bullicio de Nueva York. Allí ni siquiera podía oír mis propios pensamientos, asediada por el ajetreo de la vida diaria, una consulta médica con muchos pacientes y rodeada a todas horas por un equipo de cámaras. Aquí puedo estar a solas con mis pensamientos, sin nadie que me juzgue, ni que sienta lástima por mí, ni que espere que «lo supere» de una vez.

Cuando me vibra el teléfono en el bolsillo, ni siquiera me sobresalto. Mi mente se ha replegado en un espacio solitario que me protege de los incesantes gritos interiores que antaño amenazaban con volverme loca.

Cuando veo la cara de Roxy en la pantalla, acepto la videollamada.

—Hola.

—Hola a ti también. —Está animada, tiene los ojos brillantes—. ¿Tienes tu *tablet* a mano?

—Puede ser. —Me dirijo hacia donde está, en el soporte para cargarla, agradeciendo la interrupción.

—Acabo de enviarte un enlace. No hagas clic en el teléfono, necesitas una pantalla más grande.

Aparece la notificación y sigo los pasos necesarios

para abrir la página web que me ha mandado. La verdad es que no me sorprende del todo cuando lo primero que veo son los ojos de Garrett; a fin de cuentas, es Roxy, y cuando se trata de chismes y cotilleos, es como un sabueso tras el rastro de su presa.

—Qué rápida eres —murmuro desplazando el dedo por la pantalla para que aparezca la cara entera.

Ufff... El hombre es un auténtico adonis, de eso no hay ninguna duda. A pesar de mi apatía general, aún me asombra ese aire de masculinidad tan increíblemente segura.

—Bueno, tampoco es tan difícil encontrar a alguien si ha salido en los periódicos. —Habla con la voz llena de emoción—. Y aunque debo admitir que Mike tenía razón en lo de que era pintor (yo había apostado por director), los dos estábamos en lo cierto, porque Garrett Frost es fotógrafo y pintor. Saca unas fotos increíbles en blanco y negro y luego las plasma en forma de pinturas abstractas a todo color. El artículo va acompañado de una presentación de diapositivas que compara las fotos que le sirvieron de inspiración con el resultado final. Tiene algunos cuadros realmente alucinantes...

El fenómeno Frost derrite el corazón de la élite del mundo del arte, reza el titular de un extenso reportaje ilustrado con varias fotos del propio artista acompañado de distintas celebridades; a algunas las reconozco, a otras no. Una foto en particular me llama la atención, porque está sonriendo. Aunque el hombre es muy sexy ya de por sí, aún lo es más cuando el buen humor le ilumina el rostro. Le brillan esos ojos tan bonitos que tiene, y unos deliciosos hoyuelos cavan un surco en sus mejillas. Y sus labios se vuelven carnosos y firmes, el sueño de cualquier amante de la sensualidad.

—¡No me puedo creer que no estés alucinando en colores! —exclama Roxy, regañándome—. ¡Argh...! Eso te pasa porque conoces a gente famosa todos los días: eres inmune.

—No conozco a gente famosa todos los días.

Y, desde luego, soy todo menos inmune: en mi interior algo se remueve cuando miro su cara, algo muy abajo y muy dentro de mí.

—Pero ¡¿qué dices?! ¡Si eres la famosa Doctora Midtown! —exclama—. ¡Y estabas casada con Kyler Jordan!

Me estremezco al oír la doble mención al *reality* que me convirtió en un personaje célebre y a mi matrimonio con un actor que sigue interpretando el papel de superhéroe que lo hizo ser un producto global. Mucha gente veía mi historia como una especie de cuento de hadas y daba por sentado que mi vida era un camino de rosas. Durante cierto tiempo, incluso yo misma lo creía.

Entonces la imagen perfecta se hizo añicos, rompiéndose en un millón de pedazos afilados y muy dolorosos.

—Bueno, el caso es que Garrett Frost parece de los que buscan guerra, ¿no? —continúa Roxy—. Lleva la palabra *malote* escrita en la frente.

Desde luego. Su actitud de chico malo y despreocupado se refleja en el aire de seguridad de su pose y en su forma de vestir, con gusto, con ropa elegante y cara, pero también lo bastante ecléctica para que sea evidente que encajar es algo que le trae absolutamente sin cuidado.

—Es un hombre guapo y con talento. Imagino que no estará acostumbrado a oír la palabra *no* muy a menudo.

—¿Y quién podría decirle que no? Mira todas esas fotos suyas acompañado de supermodelos. Total, que creo que voy a ir a verte porque...

Suena el timbre de la puerta y maldigo entre dientes, tan absorta examinando cada detalle de la cara y el estilo de Garrett Frost que estoy muy lejos de allí.

—El timbre me acaba de dar un susto de muerte. Espera un momento. Voy a ver quién hay en la puerta.

Echo un vistazo a través de la persiana semitransparente que cubre el ventanal que da al jardín delantero y veo al mensajero de UPS volver rápidamente hacia su camioneta.

—Me han traído un paquete. Enseguida te llamo.

—Está bien. Hasta ahora.

Devuelvo el teléfono a mi bolsillo y abro la puerta, agachándome para recoger la caja que me han dejado en el umbral. Siento una oleada de entusiasmo al fijarme en el remitente: «ECRA+ Cosmeceuticals», el proyecto que tanto contribuyó a mantener mi salud mental durante todo el año pasado.

Cuando me incorporo, entro corriendo en casa y echo

rápidamente el cerrojo antes de dirigirme a la cocina a por unas tijeras. Minutos después, tengo todo el contenido de la caja esparcido sobre la isla de mi cocina, un surtido de productos para el cuidado de la piel en envases de color dorado y crema. El logotipo y el diseño en general transmiten la imagen de lujo de alta gama que ofrece resultados, justo la imagen adecuada para la nueva línea de cuidado de la piel de Cross Industries, creada para salvar la brecha entre los productos farmacéuticos y los cosméticos.

Retiro cuidadosamente el precinto de una de las cajas, tratando de conservar intacto el embalaje en la medida de lo posible. El frasco que hay dentro me arranca una exclamación de admiración y alegría. El cristal grueso y esmerilado encierra una parte central dorada. El dispensador es de oro sólido, con una banda distintiva de color aguamarina que señala a qué fase del régimen recomendado para el cuidado de la piel pertenece el producto.

Tomo en mis manos la tarjeta que lo acompaña y reconozco la letra de Eva Cross:

Teagan:
No podríamos haberlo hecho sin ti.
¡Por el comienzo de una gran etapa!
Con los mejores deseos,
Eva

Mi sonrisa es muy bienvenida. Aquí está la prueba de que, a pesar de haber abandonado mi carrera en el campo de la cirugía estética, aún he podido ayudar a crear algo de valor y he sido capaz de hacer que algunas personas se sientan guapas. Además, con una parte de los beneficios destinados a la obra filantrópica de Eva, la Fundación Crossroads, estoy aportando mi granito de arena a mejorar otras vidas más allá del terreno de la belleza física.

Estoy oliendo la gota de sérum de aroma natural que me he echado en el dorso de la mano cuando oigo el inconfundible sonido de la puerta corredera de un vehículo de reparto. Regreso junto al ventanal de la entrada y veo una camioneta del servicio de correos en mi camino de acceso. Teniendo en cuenta que el cartero suele dejar la mayoría de los paquetes postales en el buzón de la calle, doy por sentado que es algo más grande y me dirijo a la puerta. El caso es que hago la mayor parte de mis compras por internet, desde los productos de alimentación hasta la comida para llevar, la ropa y los artículos del hogar. Es más seguro así.

Cojo las llaves, porque la cerradura del pomo de la puerta principal está siempre echada, descorro el cerrojo y abro para dar la bienvenida al cartero.

Y por poco me doy de bruces con el mismísimo Garrett Frost.

3

—¿Adónde vas? —me suelta Garrett frunciendo el ceño.

—¿Perdona?

Me siento como si acabara de chocar contra él, a pesar de que he logrado evitar una colisión dando un rápido salto hacia atrás. Vestido con una camiseta negra ajustada, unos vaqueros gastados y unas botas militares, es distinto del hombre con el que me he topado esta mañana. Sin embargo, el hecho de que ahora lleve más ropa no consigue mitigar ni siquiera un poquito su impacto sobre mí.

Me paro a pensar un momento en eso, angustiada al darme cuenta de lo mucho que me afecta: un dique sólo resiste si no tiene grietas.

—Debemos dejar de tener estos encontronazos, en serio.

—Oye —dice—, quiero empezar de cero.

—¿Cómo dices?

—Quiero olvidar lo de antes y que empecemos de nuevo.

—Empezar de nuevo —repito.

—Sí. —Extiende la mano—. Soy Garrett Frost.

Me quedo mirando su antebrazo tatuado, percibiendo el diseño, la textura y las dimensiones.

Con un suspiro de irritación, agarra mi mano.

—Y tú eres la doctora Teagan Ransom. Es un placer conocerte.

—Mmm...

—Ahora, invítame a entrar.

Se me acelera el pulso.

—¿Y por qué habría de hacer eso?

—¿Por qué no?

Con la mirada entornada, pregunto:

—¿Acabas de mudarte a la casa de al lado?

—Sí. Te he visto entrar en la tuya hace un rato.

Espero a que diga algo más, pero se limita a mirarme fijamente.

—Teniendo en cuenta que no parecías muy contento de tropezarte conmigo esta mañana —digo al fin—, siento curiosidad por saber qué haces aquí.

—A nadie le gusta sentirse como un obstáculo.

Garrett se mete las manos en los bolsillos traseros, parado en el umbral de mi puerta.

Ante mí.

—Tenía muchas cosas en la cabeza —afirma—. El trabajo, la mudanza..., el montón de cosas que tengo que hacer más pronto que tarde. Cuando te vi corriendo a toda velocidad hacia mí me quedé descolocado, entonces acabaste tumbada en el suelo debajo de mí, segundos más tarde, y volví a quedarme descolocado. Tú también lo sentiste.

Debo reconocer que agradezco que sea tan directo.

Espera a que hable yo, con la paciencia de una araña en su red.

—Así que nos sentimos físicamente atraídos el uno por el otro —admito con cautela, sintiendo que deberíamos haber tardado mucho más tiempo en reconocer eso en voz alta.

Su boca dibuja una sonrisa lenta y relajada.

—Veo que los dos nos entendemos.

—No, yo no lo creo. Yo creo que te has pasado un poco de la raya.

—Estoy a punto de hacerlo.

Cruza el umbral con esa ágil elegancia animal.

Estoy en el aire, a un palmo del suelo, y él inclina la cabeza para devorar mi boca con un beso hambriento que me quita el sentido. Me arden los labios bajo el calor de los suyos. Desliza el brazo por debajo de mis nalgas para envolverlas y me pasa el otro por los omóplatos. Me agarra con la mano la trenza suelta que me cuelga por la espalda y no la suelta. Cierra la puerta tras él de una patada.

Inhalo el aroma de su cuerpo, el olor a cítricos y a especias. Su sabor se vierte en mi interior con la caricia de su lengua, y un gruñido cargado de lujuria vibra en su pecho para transferirse al mío. Me retuerzo entre sus brazos, superada por los acontecimientos, y me doy cuenta de que no me siento atrapada. Me siento segura.

Le rodeo la cintura con las piernas y agarro con las manos la áspera seda de su pelo.

Atenazándolo con los muslos, me impulso hacia arriba, forzándolo a echar la cabeza hacia atrás mientras me encaramo sobre él. Soporta mi peso sin ningún esfuerzo, abriendo más la boca mientras la exploro con mi lengua.

Dios... Sus labios parecen muy firmes, pero son muy suaves. Su cuerpo está tan duro y caliente como una roca bajo un sol de plomo, pero está lleno de vibrante vida en mis brazos. No importa cómo empuje mi cuerpo contra el suyo, él consigue fundirlos a ambos, haciendo encajar las llanuras y los valles, como si quisiera demostrar que nuestros cuerpos están hechos precisamente para eso.

—Qué bien hueles... —exhala en mi beso.

Una luz roja de advertencia parpadea en un rincón de mi cerebro. Los latidos de mi corazón se aceleran con la sensación de que estoy siendo un poco temeraria, pero descubro que no puedo parar.

Una necesidad urgente, que llevaba aletargada mucho tiempo, está despertando dentro de mí, aferrándose a Garrett con un hambre voraz. No me canso de explorar su boca o su sabor, ni de las profundas acometidas de su lengua. Es brusco y salvaje, pero muy hábil. Hay años de práctica y destreza en la forma en que me maneja, una experiencia acumulada que encierra la promesa de un placer demasiado fuerte para que pueda resistirme.

Se aparta y me ciño a él con más fuerza, dejando escapar un gemido grave de protesta antes de que pueda contenerlo. Rebosa seguridad en sí mismo, atrayéndome hacia sí.

El ruido del timbre hace que dé un salto. Garrett me abraza con más fuerza.

—¿Hola? ¡Soy Roxy!

Me pongo rígida hasta sentir dolor, viendo converger dos realidades separadas.

—Se irá enseguida —murmura Garrett con los labios en mi garganta.

El corazón me late con fuerza.

—Sabe que estoy en casa.

—¿Y qué?

—¡Que no puedo hacer como si no estuviera!

Levanta la cabeza y me mira. Su boca es una línea delgada y furiosa, y tensa la mandíbula obstinadamente.

—Puedes estar en la ducha... O tal vez llevas puestos unos auriculares. Tal vez te estás besando con tu vecino.

El pánico me sitúa al borde de un ataque de nervios.

—¡No puedes aparecer aquí así y ponerlo todo patas arriba!

—Teagan —dice suspirando—. Tranquilízate, joder.

—¡No me digas cómo debo sentirme!

—Maldita sea.

Me deja en el suelo y se encamina hacia la puerta.

Siento un momento de alivio y entonces el pánico

ataca de nuevo. Apenas me ha dado tiempo de entrar en el dormitorio principal cuando oigo abrirse la puerta.

—Hola, Roxanne —dice él—. No es un buen momento.

—¡Ah! Vaya... ¿Cómo estás...? Garrett, ¿verdad?

—He estado peor.

—¿Cómo está Teagan?

—Con un ataque de nervios.

Les grito por el pasillo:

—Estoy aquí, ¿lo sabéis?

Me paro frente al espejo de cuerpo entero que hay en la pared junto al armario y hago una mueca. Imposible llevar la camiseta y los pantalones de correr más arrugados; mi melena oscura, que me llega a la cintura, está hecha un desastre total: es como si tuviera un nido de pájaros en la cabeza. Tengo los ojos castaños dilatados y nublados, y la boca es una mancha roja hinchada, tumefacta.

Garrett es como una especie de adonis sexual y yo parezco una yonqui con inyecciones de relleno *low cost* en los labios.

—¿Estás bien, bonita? —inquiere Roxy.

—Mmm... —Muevo los ojos rápidamente, buscando un milagro que pueda darme un aspecto más presentable—. Sí.

—Había un paquete en el porche. Te lo dejo en este estante junto a la escalera.

—Ah, muy bien. Gracias. —Doy vueltas en círculos

frenéticos y sin rumbo—. Y espera un momento. Salgo dentro de un minuto.

—Me encantaría que vinieras a cenar a casa una noche de éstas —dice Roxy bajando el tono de voz, de manera que sé que está hablando con Garrett—. Mi marido, Mike, hace una pizza casera fabulosa.

—Eso estaría muy bien, gracias.

—¿Mañana por la noche, tal vez?

—Perfecto. Llevaré el vino. ¿Tinto?

—Un tinto sería ideal.

Lanzo un gruñido y me deshago la trenza. En cuanto consigo desenredarla, hundo los dedos entre los nudos de la coronilla, aliso las puntas y luego me recojo la melena en un moño. Acto seguido, salgo rápidamente a la sala de estar, donde veo a Garrett apoyado con aire despreocupado en la puerta abierta, como si estuviera en su propia casa.

Roxy tiene los ojos como platos cuando vuelvo mi atención hacia ella, además de una sonrisa de oreja a oreja.

—Hola, tardona.

Pongo cara de impaciencia.

—Perdón.

—Perdón, ¿por qué? ¿Quieres venir a cenar mañana tú también?

—Mmm...

Me imagino la situación, viendo a este hombre irrumpir como un ciclón en la tranquilidad de mi vida. Se me

41

humedecen las palmas de las manos. Siento que en algún momento del día he perdido el control sobre absolutamente todo.

Pero no puedo permitir que se pongan a compartir anécdotas personales sin estar yo delante. Si va a haber intercambio de información, quiero oírla.

—Vale, ¿por qué no? —contesto encogiéndome de hombros.

—No hace falta que muestres tanto entusiasmo... —me reprende—. Bueno, yo ya me voy. ¿Nos vemos hacia las seis? ¡Llámame luego, Teagan!

Se va. Miro por el ventanal mientras se dirige al jardín delantero de su casa, dejándome sola con Garrett Frost. Otra vez.

Él se acerca, toma mi cara en sus manos y me mira fijamente.

—¿Por dónde íbamos?

—¿Qué? ¡No!

Su sonrisa deslumbrante reaparece y me ciega; luego me besa la punta de la nariz.

—Eres adorable, doctora. Y muy muy sexy, joder.

—Voy a cerrar los ojos —murmuro— y, cuando los abra, todo esto no habrá sido más que un sueño muy extraño.

Baja los brazos, me rodea la muñeca con los dedos y me levanta la mano para presionar mi palma contra su pecho. Me quedo sin aliento al percibir los latidos de su corazón desbocado.

—¿Ves el efecto que tienes sobre mí? —musita mirándome a través de la espesura de sus pestañas. Y, así, en un simple parpadeo, pasa de bromear a convertirse en un auténtico seductor.

—Me estás manipulando.

—Y tú estás dándole demasiadas vueltas a todo en tu cabeza. Céntrate en lo que hay aquí mismo, ahora, en este instante.

Me aparto de él.

—Pues lo que hay aquí es una divorciada que demuestra tener muy poco juicio: no puedo seguir enamorándome de buenas a primeras y cometer el mismo error una y otra vez.

La mandíbula de Garrett forma un ángulo obstinado que ya empieza a resultarme familiar.

—Yo no soy un error. Y exijo hacer borrón y cuenta nueva: sea lo que sea lo que haya ocurrido en el pasado, que yo sepa, no tengo ningún tanto en mi contra.

—Te estás inventando las reglas sobre la marcha —protesto.

—Teagan, nos lo estábamos pasando muy bien, simplemente. ¿Podemos centrarnos en eso? —Busca mi mano y la aprieta—. No eres la única que siente que el suelo se está moviendo bajo sus pies.

Dios... Pelear con él es como estar en el ring con un boxeador invisible: nunca ves venir los golpes.

Sonríe con aire triunfal cuando ve que no sigo protestando. Parece un niño que acaba de abrir un regalo

43

que le hacía mucha ilusión y que ya sabía que iba a recibir porque se había asomado al maldito armario y había estropeado la sorpresa.

—Dame una oportunidad de enseñarte todos mis encantos, doctora.

—Y de echarme un polvo.

—Eso también. —Hunde los dedos en la maraña de pelo de mi nuca y me lo suelta, de manera que la melena cae en cascada sobre mi cintura. Se lleva un mechón a la nariz, respirando con los ojos cerrados—. Estoy yendo muy rápido y muy directo, lo sé. Y te diría que voy a frenar un poco, pero estaría mintiendo, porque no puedo.

Ya. Otro de esos golpes invisibles, capaz de arrancarme el aire de los pulmones de nuevo.

—Así que no puedes. ¿En serio? —Arqueo una ceja—. ¿Y por qué no?

—No tengo la paciencia necesaria.

—¿De verdad? —digo secamente, pues ha quedado muy claro desde el principio que Garrett Frost hace lo que le da la gana.

Me sostiene la mirada y observo fascinada cómo algo se va transformando en él. Se le ensombrecen los ojos; su voluptuosa boca pierde el vigor; la piel de sus pómulos se tensa. De repente me parece aún más increíblemente atractivo, después de que, testigo de su sufrimiento silencioso, acabe de interrumpirle su dinamismo sexual.

—Todos los días —susurra— me empujo a mí mismo más allá de mis propios límites sólo para recordarme que, técnicamente, todavía estoy vivo.

Se acerca y me agarra del codo, y el leve movimiento se convierte en una caricia que baja deslizándose por mi antebrazo hasta que nuestros dedos se tocan. Siento el avance de ese contacto, el hormigueo de mi piel desnuda allí donde su epidermis roza la mía, como si las terminaciones nerviosas hubiesen cobrado vida.

Separo los labios al ritmo de mi respiración jadeante. El entumecimiento ha sido mi salvación.

—Estoy cansado de sentir dolor —dice en voz baja—. Tú me recuerdas que mi cuerpo puede sentir otras cosas además de dolor.

Siento un nudo en el pecho. Garrett supone una amenaza de cualquier modo, pero malherido resulta mucho más peligroso. Me temo que soy demasiado frágil para la tempestad que se está desatando dentro de él, demasiado delicada para soportar el dolor que lo atormenta, aunque sólo sea en la intimidad más superficial.

—Garrett..., yo... —Sacudo la cabeza.

—No pretendía irrumpir así en tu casa y abalanzarme sobre ti. No me arrepiento, pero no era así como lo había planeado.

—Ah, pero ¿habías planeado algo?

—El plan que tenía se ha ido al garete, pero el que se me ha ocurrido sobre la marcha parece estar funcionando... —Se inclina y me besa.

A diferencia del beso tórrido y apasionado de antes, éste rebosa ternura y delicadeza. Sus labios son suaves, persuasivos. Desliza la lengua por la costura de mi boca, con movimientos provocadores para separar mis labios. Intensifica el beso arremetiendo despacio y tranquilamente con la lengua, produciéndome un estremecimiento. Con un suave gruñido exterioriza su placer y el deseo contenido.

Tengo que hacer un esfuerzo extremo para apoyar las palmas de las manos sobre los prominentes bordes de sus abdominales y empujarlo.

—Para.

Garrett da un paso atrás, dejándome espacio para respirar. Me observa expectante.

—Si quieres volver a empezar de cero —le digo sin aliento—, inténtalo en la cena de mañana. Ya sabes, eso de sentarse a cenar y pasar el rato con amigos... La forma en que las personas normales suelen conocerse mejor.

—¿Mañana? —Frunce el ceño—. ¿Y hoy qué?

—Hoy te vas a ir de mi casa ahora mismo, porque necesito tiempo para pensar.

Suelta un suspiro de frustración, bajando las manos a las caderas. Cuando arqueo las cejas, maldice en voz baja y se dirige a la puerta.

—Sabes perfectamente que tú y yo no somos personas normales.

Lo miro entornando los ojos. Con frecuencia, las

personas creativas son mucho más perspicaces de lo que les convendría.

—Puede que eso sea verdad, pero intenta ser normal por una vez, Frost. Tal vez te guste.

—A mí me gustas tú —murmura mientras da media vuelta para irse—. Y ésa es la única razón por la que me voy a ir.

—Si te pillan, será culpa tuya y de nadie más —me susurro a mí misma mientras entro de puntillas en el porche de Garrett y, con cuidado, deposito en el suelo la cesta que llevo en las manos. Acerco el dedo al timbre, dejándolo allí suspendido, con el pulso acelerado.

Tan sólo es un soltero que acaba de instalarse en una casa nueva. Lo más probable es que la mayoría de sus cosas todavía sigan dentro de las cajas y que aún no haya descubierto dónde está el supermercado más próximo.

O al menos eso fue lo que me dije cuando abrí la aplicación para hacer la compra en mi *tablet* y pedí una botella grande de San Pellegrino, el queso artesano de Beecher's, unas manzanas de primerísima calidad y unas tostaditas. He colocado todos los artículos en una cesta de mimbre forrada de tela para que pueda reutilizarla, además de un práctico cuchillo y un par de vasos altos y alargados. También he incluido una lista de los supermercados, las farmacias, las estaciones de servicio y las cafeterías más cercanas.

Respiro hondo y llamo al timbre. Y luego echo a correr de vuelta a mi casa tan rápido como puedo.

—Me tienes muy mosca, doctora Ransom, te lo digo de verdad. —Roxy se detiene un momento en pleno proceso de cortar albahaca fresca y me mira. Otra vez—. Un día estás renegando de los hombres, diciendo que no quieres verlos ni en pintura, y al día siguiente tienes a un cachas de melena salvaje yendo a abrir la puerta de tu casa cuando alguien llama al timbre.

—¿«Un cachas de melena salvaje»? Me parece que has estado escuchando demasiados audiolibros románticos.

Desvío la mirada hacia el reloj del microondas por enésima vez. Con cada minuto que pasa, se me encoge el estómago.

Su risa incendia la habitación.

—Es culpa tuya: fuiste tú la que me hizo aficionarme a ellos.

—¡Sí, muchas gracias por darle esas ideas, Teagan! —grita Mike a través de las puertas abiertas. Está fuera, en el patio, encargándose de la leña del horno para la pizza—. Antes escuchábamos música; ahora sólo escuchamos a narradores poner voz de pito para emular al sexo opuesto. ¿Qué tiene de malo leer el libro sin más?

—Te entiendo. Algunos narradores son mejores que otros. —Lo miro con una sonrisa de disculpa—. Al cabo de un tiempo te acostumbras.

48

Yo antes también escuchaba música, pero ahora mi nueva normalidad está integrada por la radio, los *podcasts* y los audiolibros. Novelas de suspense, en su mayoría. E historias con finales infelices, que son más realistas.

Miro a Mike detenidamente un momento. Unos pocos centímetros más bajo que Roxy, todavía es más alto que yo. Tiene una espesa mata de pelo blanco y brillante, y un rostro de aire distinguido que a menudo enmarca una sonrisa infantil. Aparte de preparar la mejor pizza que he comido en mi vida —es de Nueva York, así que no me siento culpable al decir eso—, tiene un corazón tan grande como el de su esposa.

—Así que apareció en tu puerta, sin más —insiste Roxy.

Volviéndome hacia ella, lanzo un suspiro. Luce unos amplios pendientes de aro dorados y un cinturón rojo de Gucci con vaqueros blancos y una blusa blanca sin mangas. Como de costumbre, está más elegante en vaqueros que yo en todas mis apariciones en la alfombra roja.

—¿Podemos hablar de otra cosa? —planteo.

—¿Por qué? Garrett estaba increíblemente sexy cuando abrió la puerta.

Sus palabras llevan implícita una pregunta, y niego con la cabeza.

—¿No? —exclama frunciendo el ceño—. Por favor, no me digas que llegué yo y lo estropeé todo...

—No, en absoluto. Llegaste en el momento perfecto. Gracias por salvarme. —Una salvación que agradezco más y más con cada minuto que pasa.

—¡Teagan! —exclama soltando el cuchillo.

—¿Qué? No me mires así. ¿Realmente esperas que me vaya a la cama con un tipo con el que acabo de tropezarme hace un par de horas?

—¿Por qué no? Eres una mujer adulta. —Se seca las manos en un paño de cocina y apoya la cadera en la isla—. Si te hace calentar los motores, llévatelo a dar una vuelta.

—Para eso tendría que aparecer primero —le contesto con firmeza—. Y está bastante claro que no va a venir.

Roxy consulta al fin el reloj del microondas. Son las siete y cuarto. Me mira con una expresión francamente sorprendida.

—¿Quieres llamarlo?

—No tengo su número, y, aunque lo tuviera, no lo llamaría.

Duele que te den plantón —joder, cómo duele— y me cabrea haberle dado la oportunidad de hacerme daño. Estoy furiosa con él, pero sobre todo conmigo misma. Soy una experta en hombres guapos, seguros de sí mismos y carismáticos en los que no se puede confiar. Que perdiera la cabeza, aunque sólo fuera por un segundo, con toda la experiencia que tengo, significa que soy una idiota.

Roxy frunce los labios.

—Voy a acercarme un momento sólo para...

—No te atrevas. —Me traiciona el temblor de mi voz, pero, por lo demás, mantengo la compostura. Sabía que esto iba a pasar, me había negado a admitirlo desde el momento en que Garrett no pasó a recogerme para ir conmigo a la cena, algo que no habíamos acordado explícitamente, pero que de algún modo confiaba que hiciera de todas formas. Esperé hasta las seis antes de ir sola a casa de Roxy. Y, sin embargo, pese a todo, una pequeña parte de mí seguía albergando esperanzas hasta que no he podido seguir engañándome por más tiempo.

—Tal vez no ha puesto en hora los relojes todavía. Ya sabes cómo es eso de mudarse a una casa nueva.

—No le busques excusas, Roxy. Si fuera importante para él, no necesitaría una niñera para traerlo hasta aquí.

Mike me aprieta el hombro al pasar.

—Él se lo pierde. Yo le enseñaré con mucho gusto cómo hay que tratar a una mujer. No tienes más que decírmelo.

—No vale la pena el esfuerzo.

—Entendido. Y ahora, cambiando de tema, el horno está listo, si lo estáis vosotras, chicas.

Roxy vuelve a mirar el reloj, apretando la mandíbula.

—Está bien. Vamos a sacar los platos.

Pasamos al patio con los cuencos de los ingredientes mientras Mike saca una bandeja para hornear con bolas de la masa casera para pizza. Salimos y lo extendemos todo sobre la barra de la cocina exterior.

Una bandada de cuervos empieza a chillar con graznidos estridentes, un sonido familiar. Hay un árbol en el patio de Les y Marge —ahora de Garrett— donde se reúnen los cuervos, y cuando un águila se acerca demasiado, se aseguran de que todo el vecindario sepa lo disgustados que están por su aparición.

Por primera vez, no estoy del lado del águila. Sé exactamente cómo se sienten esos cuervos por culpa del intruso.

Pero bajo mi ira asoma enmascarada una decepción desgarradora. Es terrible esperar que algo, o alguien, sea mejor de lo que es en realidad. Es una tortura tremendamente eficaz: sacar a alguien de la jaula de su soledad para, acto seguido, volver a cerrar la puerta de golpe.

Ya sea maldad deliberada o simple desconsideración, sigue siendo un acto muy cruel.

4

—Mike, como siempre, tu pizza estaba deliciosa.

Me mira con extrañeza.

—No has comido suficiente.

—Me he puesto hasta arriba —le aseguro—. Me temo que voy a pasar varios días con empacho.

Nos dirigimos a la puerta principal, los tres humanos y las dos perras. Aunque son casi las nueve en punto y aún está anocheciendo en esta época del año, estoy lista para irme a la cama. Para mí la energía es un delicado equilibrio.

—Gracias por venir. —Mike me da un fuerte abrazo—. Siempre es una alegría ver tu preciosa cara.

—Gracias por invitarme. —Abrazo también a Roxy y luego me despido de las perras con unas palmaditas—. A vosotras os veo luego.

Mike abre la puerta y salgo fuera. Parece más oscuro en el lado de la casa que da a la calle, hacia el nordeste, que en el lado del Sound, capaz de conservar el persistente resplandor de la puesta de sol durante lo que parece una eternidad. Aun así, distingo perfectamente la figura oscura atravesando a la carrera el césped, y todo mi cuerpo se pone en tensión.

Cuando Garrett se acerca lo suficiente para poder ver la botella de vino que lleva en la mano, me vuelvo para despedirme de Mike y Roxy, y luego paso por su lado en el momento en que entra en el charco de luz del porche.

—¡Eh, espera! —Me agarra la mano, pero yo me zafo de él—. Lo siento; he perdido la noción del tiempo.

—No te disculpes conmigo, fue Roxy quien te invitó.

—Lo sé. Maldita sea.

Lo oigo subir los dos peldaños de madera hasta el porche. Distingo su voz mientras habla con Roxy y Mike, palabras impregnadas de un tono de urgencia. Aprieto el paso, pasando junto al garaje donde aparcan el coche, antes de atajar a través del césped para llegar a mi casa. Se me acelera el pulso cuando oigo el sonido de unos pasos detrás de mí.

—Teagan, espera. Deja que me explique.

—No me importa, Frost.

Me alcanza y echa a andar a mi lado.

—Mike y Roxy me han dicho que entre; he traído un buen vino. Vuelve, toma una copa y así os doy explicaciones a todos a la vez.

—Estoy cansada, no bebo y, como te he dicho, no me importa, así que no necesito una explicación.

—¿No bebes? —Cuando me niego a responder, continúa—: Estaba hablando por teléfono con una amiga que tiene problemas. Pensé que era más temprano. Por el amor de Dios, ¡todavía es de día!

Me niego a mirarlo.

—¿Así que ahora es culpa del sol que no hayas configurado un recordatorio ni una alarma, o que no hayas echado un vistazo al teléfono para ver qué hora era? Entiendo.

—La he cagado, ¿vale? —Me agarra del brazo cuando llego al camino de entrada a mi casa, obligándome a detenerme—. La he cagado y lo siento.

Me vuelvo hacia él. Su rostro está en penumbra, lo que da relieve al contorno cuadrado de su mandíbula y a los marcados ángulos de sus pómulos.

—Sí, también eres un mentiroso.

Garrett se cruza de brazos.

—No estoy mintiendo.

—Mentiste antes, cuando dijiste que no eras ningún error. Tampoco es cierto que no tengas ningún tanto en tu contra. —Muevo la mano—. Y sigues inventándote las reglas sobre la marcha.

—¿Así que vas a pasar de mí sin más? —exclama con fuerza.

—Sí. —Echo a andar de nuevo—. Será mejor que vuelvas con Mike y Roxy antes de que ellos también pasen de ti.

—No pienso rendirme —dice siguiéndome hasta la puerta. Se detiene al final del camino, observándome mientras hago girar la llave en la cerradura y abro—. Puedo hacerme perdonar.

—Adiós, Garrett. —Cierro sin contemplaciones, echo los cerrojos y luego me apoyo en la madera fría.

Su voz atraviesa la puerta, y está lo suficientemente cerca para saber que se ha aproximado después de que yo entrara en la casa.

—Lo siento mucho, Teagan.

Cierro los ojos y suelto un suspiro.

—Sí. Yo también.

—Al principio estaba muy enfadada con Garrett —me cuenta Roxy mientras se mira fijamente en el espejo tocador que he colocado en mi mesa de comedor de diseño de Saarinen. Se aplica el sérum ECRA+ en las mejillas y en la frente, moviendo la cabeza de lado a lado—. Pero Mike y yo lo perdonamos. Resulta que lo había llamado una amiga suya que estaba al borde del suicidio, ¿te lo dijo? Bueno, el caso es que tenía miedo de que, si le colgaba el teléfono, pudiera hacerse daño.

Le doy la espalda, coloco la taza debajo de la espita de la cafetera individual y espero. No puedo objetar nada ante una excusa como ésa: me siento como una auténtica imbécil. Aun así, toda esta situación me ha recordado que soy demasiado vulnerable para arriesgarme a volver a sufrir.

—¡Esta crema es increíble! —exclama con admiración—. La piel la absorbe inmediatamente.

—Genial. No serviría de mucho si no la absorbiera...

—¿Cómo lo hago para comprarla?

—Elige el producto que quieras y te lo enviaré. Esa línea es para piel normal, pero tienen dúos y combinaciones que cubren distintos problemas. Debería haber un folleto por aquí...

—Aquí está. —Roxy abre el folleto de papel brillante, ilustrado con preciosas fotografías, y lo ojea mientras saco de la nevera la jarra con la leche de almendras y vainilla—. Nos ha invitado a cenar esta noche en su casa para compensarnos. Deberías venir.

—No, de eso nada.

Vuelvo a sentarme frente a ella.

Levanta la cabeza del folleto, mostrando una piel radiante sin rastro de brillos.

—Estaba muy decaído cuando volvió sin ti. Hecho polvo de verdad.

Me encojo de hombros.

—¿Y por qué tendría yo que quedarme levantada más tiempo y acostarme tarde porque él no llegara puntual a una cena, por nobles y comprensibles que fueran sus razones? Yo aquí no soy la mala, Roxanne.

—No digo que lo seas, sólo estoy diciendo que quizá él tampoco sea el malo.

—Da igual... Simplemente, no me interesa salir con nadie en este momento. ¿Podemos hablar de otra cosa, por favor?

Me mira sacudiendo la cabeza.

—Es difícil encontrar otras opciones tan atractivas

como tu ex. ¿Cuántos chicos pueden competir con una estrella de cine? Garrett sí puede.

—El físico no lo es todo.

Y, sin embargo, yo siempre me he enamorado de eso lo primero.

—No hablo sólo del físico, aunque, desde luego, hay que tenerlo en cuenta. Hablo de ser rico y famoso y de tener talento. Kyler Jordan es un ejemplo difícil de emular en muchos aspectos. Y encima tú también eres guapísima, lista, y tienes mucho talento y mucho dinero tú solita, sin necesidad de nadie más. Pero ¡si eres la médica estrella de los famosos, por el amor de Dios! Eso seguramente intimida a muchos hombres, pero Garrett está hecho de otra pasta, mucho más dura.

—Si tú lo dices...

—Al menos, me lo parece.

—Mmm... —Tomo un sorbo de café—. Bueno, gracias por la charla. Trabajé muy duro para pagarme la universidad y abrir mi consulta, y luego tuve la suerte, o la desgracia, según se mire, de ser la cirujana de Kyler cuando tuvo el accidente. —Nuestro matrimonio posterior llevó a la creación del programa de televisión «Doctora Midtown», que a su vez llamó la atención de Eva Cross y ECRA+. Todavía hoy me sigue pareciendo increíble cómo me ha cambiado la vida—. Pero ahora mismo... lo único que desearía es estar bien.

—Lo estarás —asegura Roxy.

—No lo bastante pronto. —Mis episodios depresivos

ocurren cada vez con menos frecuencia, pero siguen siendo una batalla que libro a diario—. Imagino que es mejor estar sola que esperar que un pobre hombre tenga que lidiar con mis problemas.

—Pfff... —suelta—. Cualquier hombre debería sentirse el tipo más afortunado del mundo por estar contigo. Eres un auténtico partidazo.

Me río con un resoplido.

—Más bien un auténtico coñazo, querrás decir.

Se inclina por encima de la mesa.

—¿No te sientes sola, Teagan?

—Pues la verdad es que pienso que soy una compañía la mar de estimulante, ¿no te parece?

—Hablo en serio. Quiero saberlo de verdad.

—Tengo otras cosas en la cabeza la mayor parte del tiempo.

Lo dejé todo cuando me vine a vivir a Washington, con la intención de dejar atrás mi pasado lo más lejos posible sin marcharme del país. Aparte de mis vecinos y compañeros de trabajo, ahora no hay demasiadas personas en mi vida, y no me importa lo más mínimo.

—Tal vez es hora de que pienses en salir un poco ahí fuera —sugiere con delicadeza.

—No tengo energías en este momento.

—Una buena relación puede cargarte las pilas, servirte de apoyo, ofrecerte compañía... ¡Sexo, por el amor de Dios! ¿No echas de menos eso?

«No, no lo echo de menos», pienso, o al menos no

hasta ayer, cuando mi cuerpo expresó sus necesidades con una ferocidad desesperada. A pesar de lo jodida que estoy mental y emocionalmente, al parecer, he resucitado en el plano físico.

—Si te soy sincera, no podría soportar otro fracaso.

Se queda callada unos segundos, pero sus pensamientos hacen mucho ruido.

—Nunca hablas de Kyler —dice al fin.

—Nos divorciamos hace siglos. No hay nada de lo que hablar.

—Sabes que eso no es normal, ¿verdad? La mayoría de las mujeres se pasan la vida despotricando de sus ex, de todas las putadas que les hicieron, de lo gilipollas que eran... Mira a Emily, por ejemplo. Ella siempre aprovecha la más mínima oportunidad para echarle mierda encima a Stephen.

—Eso es porque todavía está sufriendo por culpa suya.

—Amiga mía... —Roxy me mira fijamente—, ¿y tú no? Cuando una mujer se toma un período sabático en cuanto a hombres, eso es porque uno de ellos le ha hecho mucho, muchísimo daño.

Me miro las manos desnudas, los dedos sin anillos.

—No tiene sentido mirar atrás.

—Pues tal vez deberías obligarte a ti misma a hacerlo, para poder pasar página y seguir adelante. —Suaviza el tono de voz—. El otro día leí que Kyler se ha comprometido con una productora.

—No es una competición —le contesto con firmeza, sintiéndome cada vez más enfadada, a pesar de saber que lo hace con buena intención. Todo el mundo va con buena intención, pero no tienen ni puta idea de lo que dicen—. Ella lo ha ayudado a desintoxicarse, y es un tipo decente cuando está sobrio, así que les deseo lo mejor.

—Lo siento. —Levanta ambas manos en señal de rendición—. Estoy presionándote demasiado.

Y yo estoy al borde de la desesperación, lo cual no es culpa suya.

—Sólo tengo una cosa más que decir —continúa—: no deberías quedarte aquí encerrada, acumulando polvo como si fueras un jarrón.

En ese momento suena el timbre de la puerta y miro al ventanal delantero. No veo a nadie, así que me levanto y me dirijo a la entrada. Abro con una sonrisa y me llevo un buen susto cuando veo allí a Garrett.

—Hola —me saluda en voz baja, con una expresión de disculpa y recelo a la vez.

Su cara de arrepentimiento no le hace aparentar menos seguridad en sí mismo; de hecho, me resulta muy sexy, igual que las salpicaduras de pintura en sus botas negras.

¿Se puede saber por qué ver esas gotitas de pintura hacen que una descarga eléctrica me recorra todo el cuerpo?

Maldita sea. Este hombre es desconcertante a muchos niveles, y uno de los más importantes es su poderío físico. Es increíble que tenga un aspecto tan relajado y que irradie toda esa energía feroz y esa sexualidad tan intensa, hasta el extremo de que su magnetismo me azote como las olas estrellándose contra la orilla.

En una frecuencia primitiva, está emitiendo la señal de que podría follarme con tanta energía y durante tanto tiempo que me olvidaría hasta de mi propio nombre, y mi cuerpo está recibiendo el mensaje alto y claro.

—¡Garrett! —La voz de Roxy está impregnada de un afecto genuino—. ¿Cómo estás?

—Eso depende —responde fijando la mirada en mí—. He venido a arrastrarme. Durante unos segundos me planteé traer unas rosas blancas en son de paz, pero no quiero que pienses que no me estoy tomando esto en serio. Dicho lo cual, estaría encantado de colmarte de regalos si eso contribuye a defender mi causa.

—Nada de eso va a ser necesario —le digo con rotundidad—. Roxy me ha contado por qué llegaste tarde anoche. Me siento como una imbécil por haberme puesto así contigo. Espero que ahora sí estemos en paz.

—Bueno, también está esa fabulosa cesta que me dejaste en el porche. Todavía no había tenido la oportunidad de darte las gracias.

—No sé de qué me estás hablando.

Esboza un amago de sonrisa.

—¿Ahora quién es el mentiroso?

—Simplemente, no te hagas ilusiones, Frost; he decidido que soy feliz soltera y sin compromiso.

Su sonrisa se hace más amplia.

—Muy bien. Pero todavía puedes invitarme a entrar en tu casa.

—Podría hacerlo, sí, pero tengo visita.

—No, si yo ya me iba... —interviene Roxy. Ya se ha puesto de pie y ha empezado a andar, así que está a mi lado antes de que pueda decirle nada—. Me han encargado unos posavasos y tengo que ponerme manos a la obra, pero estoy impaciente por ir a tu casa a cenar esta noche, Garrett.

—Yo también —responde él esbozando una sonrisa que hace que se me acelere el pulso. Es demasiado guapo, y eso será mi perdición. Me mira—. Esperemos que pueda convencer a esta mujer para que se una a nosotros.

—Buena suerte —dice Roxy, y le da una palmadita en el hombro al pasar junto a él—. Es muy cabezota.

—Muchas gracias —le contesto sacudiendo la cabeza mientras ella me guiña un ojo antes de desaparecer.

Garrett mira por encima de mi hombro hacia la sala de estar.

—Quiero ver tu casa.

Suelto un suspiro. Enseñar mi casa a las visitas es algo que me gusta hacer. Era una auténtica cápsula del tiempo cuando la compré, hasta la instalación eléctrica era de los años cincuenta, con unos cimientos que se deslizaban muy lentamente hacia el acantilado. Mantener la casa intacta y actualizarla al mismo tiempo siguiendo la normativa de construcción fue todo un reto, además de muy costoso, pero me siento muy orgullosa del resultado final. Adquirí algo que estaba roto y le insuflé vida nueva.

Aun así, Garrett Frost es algo más que un vecino curioso que se autoinvita a ir a mi casa en la reunión mensual de la comunidad; dejarle entrar significa tener que lidiar con la vorágine de circunstancias que trae consigo.

Me mira fijamente, con ojos penetrantes.

—Invítame a pasar, Teagan. Por favor.

Imposible decirle que no cuando te mira de esa manera. Al menos, ésa es la excusa que me doy a mí misma cuando retrocedo un paso y lo invito a entrar con un exagerado ademán.

5

Garrett entra por la puerta, y todo el espacio —la amplia distribución con la cocina incorporada al salón— encoge de tamaño a su alrededor. De repente, mi casa parece más pequeña y más íntima. Se dirige de inmediato a los ventanales, atraído por las vistas panorámicas que transforman mi casa de una joya de la arquitectura de los años cincuenta en algo realmente especial.

Yo aún sigo de pie junto a la puerta, manteniéndola abierta, respirando el persistente olor a él. Admiro el contorno de su silueta recortada contra la inmensa extensión de agua, la forma en que su amplia espalda se estrecha al llegar a las esbeltas caderas y a las piernas alargadas y musculosas. Distingo a través de su camisa la poderosa complexión de su espalda.

—Tus vistas son mejores que las mías —dice.

Desde donde estoy, mirándolo así, siento la tentación de decirle que ambas vistas son magníficas, pero él está hablando del Sound, así que...

—Tenemos las mismas.

Me lanza una mirada por encima del hombro.

—Tus ventanales son más grandes.

Eso no puedo discutírselo. La arquitectura de los años cincuenta se basaba, por encima de todo, en traer el exterior al interior de la casa, y tengo una extensión de cristal aparentemente interminable que demuestra lo efectivo que puede ser eso.

—A Les y a Marge les encantaba tu casa.

Se encoge de hombros, como si no hubiera llegado a extremos excepcionales para conseguir que se la vendieran.

—No está mal.

Aprieto los dientes con fuerza.

—Tal vez podrías haber comprado una propiedad que alguien quisiera vender realmente.

—¿Por qué conformarse con lo que está disponible en lugar de conseguir lo que quiero?

Interpreto esa frase de varias maneras distintas y siento que me irrita en todos los sentidos.

—¿Estás intentando ser desagradable?

—¿Intentándolo? No. —Garrett se vuelve dibujando un círculo lento y despreocupado. Desliza la mirada por todas partes, deteniéndose en el cuadro que cuelga en la pared sobre mi sofá.

—Es una pintora local —le digo.

—Mmm. —Se aleja—. Yo no eché a tus vecinos; ellos pusieron un precio a su vivienda y yo lo pagué.

—No sabes cuánto les gustaba esa casa.

—Les gustaban los recuerdos que fabricaron allí —me corrige—. Recuerdos que crearon con las personas a las que aman. Mientras tengan a esas personas consigo, una casa sólo es una casa.

Desaparece de mi vista para adentrarse en el comedor.

Espero unos segundos para que se me apacigüe el pulso. ¿Por qué estoy dejando que haga lo que le da la gana? Es esa voz suya, creo. Esa voz ronca y embriagadora.

Rodeo la chimenea por el extremo opuesto y lo sorprendo examinando los bonitos tarros de productos para el cuidado de la piel en la mesa del comedor. Toma una de las cajas, la lee y luego me mira de nuevo.

—No necesitas estas cremas —comenta con un deje de disgusto—. Eres la mujer más sexy que he visto en mi vida.

Mi cerebro se para de golpe, a pesar de que mi ritmo cardíaco se ha acelerado aún más. Me quedo sin palabras ante el piropo que acaba de soltarme con la frescura de quien arroja despreocupadamente la ceniza de un cigarrillo en el cenicero. Recobro la serenidad y me concentro en la otra parte de su comentario.

—He contribuido a crear la fórmula de esos cosméticos.

—¿En serio? —Movido por la curiosidad, se acerca un poco más—. ¿Y cómo funciona? Eso de la fórmula, quiero decir.

Con cautela, yo también me acerco.

—Como cirujana, reúno todos mis conocimientos sobre cirugía estética, como los tratamientos y las técnicas, los resultados con los que los pacientes están más satisfechos, las áreas de interés más populares, y trabajo con un equipo de científicos para diseñar la combinación óptima de ingredientes a fin de ofrecer resultados visibles.

—Ah. —Da la vuelta a la caja, leyendo el texto.

—Todo ingredientes de primera calidad —le explico, percatándome de que quiero que se sienta impresionado—. Nos propusimos utilizar materiales ecológicos y sostenibles con un mínimo de conservantes y sin ingredientes sintéticos ni artificiales.

Garrett levanta la cabeza y vuelve a centrar su atención en mí. Ante la intensidad de su mirada, siento como si me desnudara con ella.

—¿Dónde tienes la consulta? ¿En Seattle? ¿En Tacoma?

—En ningún sitio. Vendí mi consulta cuando me mudé aquí. Ahora sólo me concentro en el desarrollo de productos ECRA+, lo que significa mucho trabajo a distancia y algún que otro viaje a Nueva York de vez en cuando.

—¿Ya no participas en ese *reality show*?

Niego con la cabeza.

—Técnicamente, se han tomado un descanso prolongado con el rodaje, pero los productores están empezando a ponerse nerviosos, y yo no estoy lista para volver, así que...

Me escruta con sus ojos de mirada penetrante. Suelta la caja, rodea la mesa y se dirige hacia mí. Yo me desplazo hacia la puerta, con la esperanza de invitarlo a que se vaya. La situación empieza a desbordarme, tenerlo aquí, así, en mi casa.

Se detiene a apenas unos palmos de mí, mirando hacia la escalera que conduce a la planta inferior. Luego pasa por mi lado y se dirige al pasillo.

—Espera un momento. —Me apresuro a seguirlo, pero no lo bastante rápido para impedir que entre en mi dormitorio—. Ahora estás traspasando un límite, Garrett.

Haciendo caso omiso de mi protesta, examina la habitación, desplazando la mirada por ella. Luego entra en el vestidor y enciende la luz.

Me cruzo de brazos.

—¿Qué coño estás haciendo?

El amplio dormitorio parece apenas un armario con él dentro, y que los dos estemos tan cerca de la cama me pone muy nerviosa.

Apaga la luz y se sitúa frente a mí.

—Sólo quería asegurarme de que no hay ningún otro hombre que se interponga en mi camino.

Levanto la barbilla.

—Eso no es algo que importe.

Vuelve a deslumbrarme con esa sonrisa suya. Me quedo ahí parada como una tonta, completamente fuera de combate. Esa simple curvatura de los labios es aún más carismática de cerca, una línea sinuosa que suaviza sus bordes ásperos. Me recuerda a los sueños que tuve un día lejano y que ahora se han desvanecido, un pensamiento agridulce que hace que me duela el corazón.

—A mí sí me importaría —replica.

Se acerca un poco más y doy un rápido paso hacia atrás. Extiende la mano como si yo fuera un animal asustadizo.

—Salgamos a la terraza.

Me rodea con un movimiento decididamente cauteloso. Me mira a los ojos mientras yo miro a los suyos, y giro el cuerpo de forma que él no llegue a situarse detrás de mí. Alcanza la manija de la puerta corredera de cristal, la desbloquea y la abre. La ráfaga de aire del mar me inunda los pulmones y me refresca la cara acalorada.

Garrett desliza la mosquitera y sale al exterior, dirigiéndose a la barandilla. Lo sigo, sintiéndome menos cohibida en cuanto la mosquitera se cierra a mi espalda y los dos estamos fuera de la casa.

Me reúno con él en la barandilla, colocándome a poco menos de un metro de distancia. Incluso desde ahí su presencia física me resulta abrumadora, pues soy hipersensible a lo grande y poderoso que es su cuerpo, a la intensidad de su mirada concentrada en mí.

Descubro con sorpresa que soy hipersensible a absolutamente todo lo que me rodea: el azul del cielo, el verde de mi césped, el canto de los pájaros, el olor a sal en el aire...

—No esperaba volver a sentir esto que siento, Teagan —confiesa—. Es muy intenso para mí. Me pides que lo ignore, pero no puedo, y si eres sincera contigo misma, tienes que reconocer que tú tampoco.

Su franqueza me despoja de cualquier arma o defensa.

—Todo me iba de maravilla hasta que apareciste tú.

—No me lo creo. —Garrett da la espalda a las vistas para mirarme directamente a los ojos—. En esta casa no hay ni una sola fotografía personal de amigos o familiares, ni siquiera de los lugares en los que has estado. Todo lo que cuelga de las paredes ha sido elegido para adaptarse a la casa, no a tu alma.

—Eso no lo sabes.

—Sí lo sé. —Da un paso más hacia mí. Nuestros pies se tocan, sus botas militares con mis Converse. Entrelaza los dedos de las manos con los míos. Su cuerpo emana calor, la promesa de una quemazón después de largos meses de frío—. Tienes media docena de botes de pastillas en tu mesilla de noche.

Me pongo rígida.

—Estás yendo demasiado lejos, Garrett.

—Sólo quiero que sepas que te entiendo.

—Entonces entiendes que estoy mal, muy mal.

—Eh, que yo también estoy muy mal, pero aun así, de algún modo, hemos acabado los dos aquí, sintiendo una chispa que me ha dado una buena razón para levantarme de la cama esta mañana. Hay cosas que funcionan cuando, simplemente, dejas que fluyan tal como son. Vamos a intentarlo al menos y a ver qué pasa.

Repaso mentalmente el millón de maneras en que Garrett puede sacudir los cimientos de mi vida.

—No sé cómo hacer eso.

—Pues claro que sabes. —Inclina la cabeza—. Bésame.

—Eso no es buena idea, Frost. No soy como la casa de al lado, ¿sabes? No puedes quedarte con cosas que están fuera del mercado sólo porque tengas ese capricho.

—Entonces ¿qué es lo que estás diciendo? —Me toma la mejilla con las manos, acariciándome el pómulo con el pulgar—. ¿Quieres quedarte aquí fuera, mirar a mi terraza y verme con otra mujer?

Aparto la cabeza, intentando no visualizar esa imagen.

—¿No puedes irte a vivir a otro sitio?

Garrett se ríe y me atrae hacia sí.

—No voy a tomarme tu falta de celos como algo personal. Y no, doctora, no me voy a ir a vivir a ningún otro sitio. Me gusta vivir justo aquí al lado, donde pueda verte todos los días.

Antes de poder contenerme, le rodeo la cintura con los brazos y lo acaricio con las manos a través del suave tejido de la camiseta. Me acerca aún más.

Es una sensación maravillosa que te abracen, que te toquen, que te hagan sentirte deseada.

Voy a ceder. Quiero echarle la culpa a Garrett. Es un verdadero experto en el arte de la seducción y está demasiado acostumbrado a salirse con la suya.

Pero la verdad es que, cuando estoy con él, no me siento tan cansada ni tan sola.

Me inclino hacia atrás y le ofrezco mi boca.

Niega con la cabeza.

—No, esta vez no. No voy a avasallarte como la última vez. Tendrás que venir tú a mí por tu propia voluntad.

No discuto ni protesto, ni siquiera ante mí misma; en vez de eso, deslizo la mano alrededor de su nuca, le empujo la cabeza hacia abajo y presiono los labios contra los suyos.

Soltando un gruñido, Garrett responde a la iniciativa, abre la boca y empieza a explorar con la lengua. Se enrolla mi larga trenza alrededor de la mano con fuerza, inclinándome la cabeza hacia atrás de forma que mi espalda se arquea sobre su antebrazo. Me siento atenazada y poseída. Es un momento increíblemente erótico, la forma en que me saborea, la sensación de que está sediento por embeberse de mí. Me excita estar así, atrapada en sus brazos, y la fuerza de sus músculos me demuestra el poder que ejerzo sobre él.

Una oleada de calor me recorre las venas. El corazón me late cada vez más rápido, bombeando sangre directamente a mi cabeza. Me tambaleo, siento que me mareo. Garrett se detiene, me suelta la trenza y me levanta en volandas como a una novia recién casada. Acalorada y vulnerable, presiono la cara contra su pecho, inhalando con fuerza su olor.

Siento la flexión de su brazo cuando desliza la mosquitera hacia un lado. En cuestión de segundos, tengo la espalda contra la cama, que amortigua el peso de mi cuerpo mientras él sitúa el suyo sobre mí.

Estar en mi dormitorio lo cambia todo. Ya no muestro ni rastro de timidez. Aferrada por un antebrazo plantado con firmeza en el colchón, Garrett me separa las piernas con la rodilla y encaja el duro mástil de su erección sobre mi sexo. Con un movimiento experto de sus caderas hace que empiece a gemir sin asomo de vergüenza en los labios.

Se retira un instante, me observa mientras vuelve a embestir de nuevo y me ve tensar y arquear el cuerpo cuando una asombrosa oleada de placer se extiende por él. Me entrego por completo a mi deseo mientras mis caderas se mecen sobre la tentadora cumbre de su miembro.

—Teagan... —pronuncia mi nombre con la voz ronca de deseo—. Me estás volviendo loco.

Se echa hacia atrás, apoyándose sobre las rodillas, y me arrastra consigo. Intercambiamos el sitio y Garrett se acomoda contra la cabecera, tumbado entre mis piernas como un gigantesco animal recostado. Me agarra los muslos con las manos y las desliza hacia arriba hasta que los pulgares rozan el punto que ansía desesperadamente ser tocado.

Le sujeto las muñecas, temiendo perder todo el control.

—Adelante, hazlo —me dice—, pero quiero mirarte mientras lo haces.

No hay juicio en su expresión. Ni asomo de burla. Tampoco de triunfo. Pese al acaloramiento, pese a la expresión febril de su mirada mientras me observa, hay paciencia y aceptación bajo la demanda que transmite. Y su rostro..., esa obra de arte. Veo las grietas en la belleza, como si se le hubiera caído su máscara perfecta, dejando al descubierto algo vulnerable que hay debajo, impregnado de angustia y aún más hermoso.

De repente siento ganas de llorar.

—Oye —murmura—, ven aquí.

Negando con la cabeza, me resisto a entregarme al consuelo que me ofrece, sabiendo lo peligroso que es hacerse dependiente de cualquier otra persona que no sea yo. En vez de eso, presiono mi sexo contra su miembro y empiezo a moverme.

Desafiante, le sostengo la mirada mientras muevo las caderas, a sabiendas de que, en el plano puramente sensorial, juego con ventaja: él lleva puestos los vaqueros, mientras que yo llevo unos simples pantalones de deporte y unas bragas «invisibles», de un tejido prácticamente inexistente.

—Dios, qué preciosa eres... —exclama con un gemido, arqueando el cuello mientras me encabalgo sobre su erección.

No lleva mucho tiempo. El mero hecho de verlo a él ahí, expuesto sólo para mí, el olor de su piel caliente, los ruidos que hace, animándome a seguir... es demasiado. Jadeo cuando el primer espasmo intensamente erótico me recorre las entrañas, y echo la cabeza hacia delante cuando la increíble sensación se extiende a mis brazos y mis piernas. Temblando violentamente, siento que el ritmo de mis caderas empieza a flojear.

Garrett se desplaza y me coloca debajo de él. Extiende los muslos y comienza a empujar, forzando al orgasmo incipiente a propagarse a través de todo mi cuerpo, haciendo que me entregue a él. Su respiración jadeante mueve su pecho arriba y abajo mientras me embiste con la ropa puesta, con feroz precisión, apretándome con más fuerza mientras me retuerzo de placer.

—Joder... —exclama con voz ahogada—. No puedo... Joder...

Pone el cuerpo completamente rígido y expulsa el aliento sibilante mientras aprieta los dientes. Retuerce las caderas contra las mías a un ritmo cada vez más vacilante. Me doy cuenta entonces de que él también va a correrse, completamente vestido, clavando las botas en la colcha blanca.

Cae con la cabeza junto a la mía, presionando la mejilla húmeda piel con piel. Respira con jadeos roncos en mi oído, abrazándome con demasiada fuerza, agarrándose a mí como a una especie de salvavidas.

No sé qué debería sentir. ¿Cómo es posible que parezca algo tan increíblemente íntimo cuando ni siquiera nos hemos quitado la ropa?

Su cuerpo musculoso tiembla de risa.

—Dios mío... Desde luego, no era así como pretendía demostrarte lo que te has estado perdiendo todo este tiempo.

Me sorprende darme cuenta de que estoy sonriendo. Y estoy asombrosamente tranquila y relajada. Casi como si no sintiera mis propios huesos, como si todos los nudos y las contracturas de la espalda y los hombros hubieran desaparecido.

—Creo que ya me hago una idea.

Garrett levanta la cabeza para mirarme y acerca la mano para apartarme los mechones de pelo que me cubren la cara.

—Te juro que no respondía de forma tan inmediata ni siquiera cuando era adolescente.

—Pues claro que no. ¿Un chico tan guapo como tú? Sólo tienes que sonreír y las chicas ya mojan las bragas.

Se le ilumina la cara.

—¿Es eso lo que pasa cuando te sonrío?

—Pfff... A ti te lo voy a decir...

Me da un rápido y fuerte beso en la boca.

—¿Tienes condones?

La pregunta me deja perpleja. Ha pasado mucho tiempo desde la última vez que pensé en comprar preservativos.

—No.

Me lanza esa sonrisa suya de alto voltaje.

—Bien. Pero tendremos que comprar unos paquetes.

Arqueo las cejas, tratando de aparentar indiferencia cuando le pregunto:

—¿Me estás diciendo que un machote como tú no lleva condones en el bolsillo?

—Ojalá los llevase. —El brillo en sus ojos me dice que sabe perfectamente que estoy tratando de sonsacarle información—. Ni siquiera tengo en casa, ni en el coche, pero lo solucionaré antes de que vengas a cenar esta noche.

—No creo haberte dicho que fuera a ir. —Estoy bromeando y lo sabe, pero es divertido jugar y mantener el tono frívolo después de una experiencia que ha roto muchas de las numerosas barreras tras las que acostumbro a esconderme.

—Ay... No seas así, doctora. Quiero que vengas, de verdad. Hasta he comprado sidra sin alcohol, expresamente para ti.

No sé por qué, pero eso me hace reír. Tal vez porque la sidra gaseosa suele ser una bebida para niños.

—Ese sonido... —Garrett me acaricia la nariz con la suya—. Tienes la mejor risa del mundo.

Sonrío a mi pesar, a sabiendas de que el sentimiento de culpa aparecerá justo después. Hacía mucho tiempo que no me reía, y no puedo recordar los días en que lo hice por última vez; sería demasiado doloroso.

—Tienes que dejar que te prepare la cena —insiste—. No puedo provocarte un orgasmo y no darte de comer.

—¿Lo ves? —digo haciendo pucheros—. Ya estás otra vez inventándote las reglas sobre la marcha.

—Además, voy a hacer sushi.

—Me encanta el sushi. —Lo miro entornando los ojos—. Pero ¿no es un poco arriesgado? Prepararlo tú mismo, quiero decir.

—Doctora, yo sólo compro pescado de calidad *sashimi*, lo prometo.

Le ha caído el pelo sobre la frente. Todavía tiene las mejillas y los labios teñidos de rubor y un intenso brillo en sus impresionantes ojos. Parece más joven, más feliz, incluso más guapo.

—Está bien, está bien. —Lanzo un suspiro exagerado—. Supongo que no tengo más remedio que ir, entonces.

Garrett me guiña un ojo.

—Sabía que dirías que sí.

6

—Se me había olvidado por completo que tienes unas piernas kilométricas para ser tan bajita —dice Roxy desde el sillón Bertoia Bird de color aguamarina de mi habitación—. Uno: tienes que ponerte vestidos más a menudo, y dos: tienes que ponerte precisamente este vestido esta noche.

—Pues no sé... —Es una lástima haber perdido el contacto por completo con mi feminidad y mi sexualidad—. No quiero ir demasiado arreglada.

—Yo también me pondré un vestido, ¿vale? ¿Te sería más fácil así?

—Eso ayudaría, sí. —Me vuelvo a un lado y a otro. El problema es que mi ropa de diario es cómoda, pero no es exactamente *fashion*, y ni siquiera me favorece, y la ropa que llevo para ir a trabajar no es lo bastante informal para una cena en casa con amigos.

Aunque tengo un vestido que sí podría pasar por informal. Es negro con una capa transparente superpuesta con bordados en rojo cereza sobre una falda negra opaca. Las transparencias negras van unidas a un cuerpo de escote corazón y suben por los hombros antes de acabar en pico por la espalda, dejándola descubierta. Cuando lo llevo con una chaqueta roja o negra, tiene un aire recatado. Sin chaqueta, es imposible disimular el sujetador, y no tengo ninguno lo bastante bonito para dejar que se vea. Podría dejarme el pelo suelto para taparlo, pero me preocupa estar despojándome de demasiadas defensas a la vez.

—Pues ese vestido será —insiste Roxy—. Me encanta el vuelo que tiene cuando te mueves.

Me encuentro con su mirada en el espejo.

Se levanta y se acerca.

—Me alegra que vayas a darle a Garrett otra oportunidad.

—No es de los que aceptan un «no» por respuesta.

—Mejor para él. Y para ti también. —Sonríe al ver cómo frunzo el ceño—. Plantéatelo así: verte con este vestido lo va a volver loco. No va a saber ni dónde está.

—¡Ja! ¿Lo ves? Eso me hace pensar que el vestido no es una buena elección.

Levanta un dedo amenazador.

—Como no lo lleves puesto cuando te vea esta noche, le diré cuánto tiempo has pasado decidiendo qué ponerte para él.

—¡Roxy! ¡Se supone que estás de mi parte!

—Ay, chica, pues claro que estoy de tu parte. Por eso quiero asegurarme de que te vas a ligar al Míster Buenorro de la casa de al lado. —Se dirige a la puerta—. Yo también tengo que arreglarme. No nos esperes. Ve para allá y quédatelo para ti sola un ratito.

—Eso es ir buscando guerra... —exclamo a su espalda.

—¡Busca, busca! Y recuerda: luego querré que me lo cuentes todo con pelos y señales.

Oigo cerrarse la puerta de entrada tras ella. Me miro al espejo durante un minuto largo, debatiéndome entre mis opciones. Termino de nuevo en mi vestidor, buscando unos zapatos. Al final me decanto por unas bailarinas negras. Me recojo el pelo en un moño. También decido no ponerme joyas ni maquillaje, para evitar que piense que intento impresionarlo. Garrett ya es un hombre muy seguro de sí mismo, no le hacen ninguna falta estímulos adicionales.

—A la mierda.

Salgo de mi habitación antes de que cambie de opinión. Cojo las llaves, el teléfono y el bolso que ya decidí llevar hace un rato, y luego salgo por la puerta. Cierro con llave y activo el sistema de alarma mediante mi aplicación del móvil mientras camino hacia la casa de Garrett.

Intento ir más despacio cuando me doy cuenta de que estoy andando muy rápido. Aun así, llego a su porche demasiado pronto. Evito mirar a través del ventanal en arco junto a la puerta principal, para que no me pille asomándome.

Doy unos golpecitos en el suelo con el pie después de llamar al timbre, con los nervios a flor de piel. Cuando se abre la puerta, enderezo la espalda e intento esbozar una sonrisa, pero noto que se me queda congelada en los labios, igual que mi cerebro, al ver a Garrett.

Todavía lleva el pelo mojado de la ducha. Va vestido de negro de la cabeza a los pies, con una camiseta de cuello Henley por fuera de la cintura y unos pantalones cómodos. El color le sienta bien, a juego con su pelo oscuro, y le resalta esos ojos verdes con destellos dorados. Es escandalosamente guapo. La fuerza de su atractivo me golpea justo en el centro del pecho, y el aire entre nosotros se carga de electricidad.

No es hasta que vuelvo a mirar su hermosa cara cuando me percato de que no se ha movido ni ha dicho una palabra.

—Hola —lo saludo.

—Hola —responde con brusquedad, apoyándose con aire distraído contra el marco de la puerta y recorriéndome de arriba abajo con la mirada.

Es desconcertante sentirse tan expuesta, tan observada. He conseguido medir lo que comparto y lo que mantengo en mi coto de privacidad. Garrett ha cambiado eso de manera irrevocable. Más adelante lo recordaré justo así, además de en mi casa y en la calle donde vivo.

—Soy el cabronazo más afortunado y más tonto del mundo.

Sobresaltada, pestañeo varias veces.

—¿Cómo dices?

—Doctora, tú le cortas la respiración a cualquier hombre. —Me dedica una enorme y lenta sonrisa—. Me siento muy satisfecho conmigo mismo en este momento, joder, ya lo creo.

—Me lo imagino —digo secamente.

Riendo, Garrett se pone derecho.

—Y soy un idiota por tenerte ahí en la puerta. Adelante, entra.

Paso por su lado y dejo el bolso en el mueble de la entrada. Cuando me vuelvo hacia él, me atrapa hábilmente por la cintura, tirando de mí mientras baja la cabeza hacia la mía. Es como un baile, la forma en que me reclama para besarme, guiando mis movimientos con suma facilidad, como si yo misma me hubiera arrojado a sus brazos.

Tal vez lo he hecho.

Dejo escapar un suspiro suave en el preciso instante en que nuestros labios se juntan; cierro los ojos cuando me abro a él, agarrándolo de la cintura con las manos e inclinando la cabeza hacia atrás. Con un cambio sutil de postura, hace que ambos encajemos a la perfección y se instala ahí, con sus labios suaves y seductores, su lengua igual que un látigo de terciopelo. Me saborea con acometidas profundas y lentas, y la parte baja de mi vientre se tensa con placentera reacción. Desliza las manos por mis hombros hacia la espalda, acariciándome. Mi cuerpo se arquea contra el suyo, pidiendo, tácitamente, más.

Siempre me sorprende con qué rapidez y facilidad despierta mi lujuria. Enrosco los pulgares en su cintura y se me acelera el pulso cuando se pone rígido y gime en mi boca. Me rodea las muñecas con los dedos y me aparta las manos, arrancándome un suave gemido de protesta.

Retrocede y me mira con los ojos entornados, los destellos dorados son tan brillantes que parecen irradiar desde el interior.

—Cuidado —me advierte con voz ronca—. La próxima vez que me hagas correrme estaré dentro de ti. Y lo que es más importante: durará mucho más tiempo. Tal vez un par de días.

—¿Días? —Siento un escalofrío sólo de pensarlo.

Su mirada se ensombrece.

—Puedes retarme a que te lo demuestre.

—Yo... Es que... —Incapaz de articular palabra, me encojo de hombros con impotencia.

Me agarra la mano y la aprieta con delicadeza.

—¿Puedo ofrecerte algo de beber?

—No, gracias. Por cierto, he traído algo. Para ti y para la cena.

—¿Ah, sí?

Su sonrisa hace que se me estremezca el corazón.

Meto la mano en mi bolso y saco la caja. La toma de mis manos, advirtiendo los caracteres *kanji* que hay en el envoltorio.

Cuando la abre, su sonrisa se ensancha.

—Gracias.

—De nada. —El set de sake cuenta con un recipiente para servir y cuatro tazas pequeñas hechas de porcelana negra con el interior chapado en oro. El diseño moderno me pareció muy masculino y elegante a la vez. Meto la mano de nuevo en la bolsa—. También traigo una botella de sake, por si no tenías. Y te he traído una pomada de árnica. Es un remedio homeopático para el dolor muscular y los moretones, para cuando te pases de la raya.

Garrett se pone la botella de sake bajo el brazo y coge el tubo de pomada. Lo estudia sonriendo y luego me mira a los ojos. El modo en que lo hace me produce un cosquilleo.

—Te preocupas por mí. Eso es buena señal.

—No seas tan creído, Frost.

Le doy la espalda para ver qué ha hecho con el interior de la casa.

—No soy creído; sólo estoy esperanzado.

Mis pasos me llevan a la sala de estar, que goza de las amplias vistas del Puget Sound que tiene la mayoría del vecindario... y del sofá modular de terciopelo de color zafiro de mis sueños.

—¡Oh!

La voz de Garrett me llega desde la cocina:

—¿Qué?

—¡Es el sofá que quería!

—¿Ah, sí? Bueno, ahora ya sabes dónde encontrarlo. También podemos hacer algo más que sentarnos en él...

Lo miro a través del hueco de la pared.

—¿Piensas en otra cosa que no sea el sexo?

—Tendrás que perdonarme. —Tiene la mirada fija en los alimentos que está cortando, y su tono es cualquier cosa menos de disculpa—. Ha pasado mucho tiempo de la última vez, y tú eres increíblemente sexy.

Estoy a punto de preguntarle cuánto tiempo es eso, pero me contengo. Al fin y al cabo, no es asunto mío y, desde luego, no tiene ninguna relevancia.

En vez de preguntarle, paseo la mirada por el resto del salón. Marge y Les lo habían llenado con un abigarrado surtido de muebles tapizados en tela escocesa de color dorado y arena que no acababan de encajar con su sofá beige de dos plazas. Garrett, en cambio, tiene el sensacional sofá y poco más. La mesita de centro es un baúl destartalado. No hay mesas auxiliares, ni lámparas, ni alfombras. En la esquina hay un televisor gigante sobre un mueble tapizado en cuero.

Pero lo que de verdad domina la habitación, eclipsando incluso al sofá, es el cuadro de la pared. Me paro frente a él, tan conmovida por la imagen que siento un nudo en la garganta y me escuecen los ojos. De repente entiendo lo que quiso decir sobre los cuadros con los que elegí decorar mi casa. La interiorista había sugerido sobre todo telas abstractas en blanco, con toques de color que resultaran estéticamente agradables y resaltaran la paleta de colores general. Sin embargo, no siento absolutamente nada cuando miro alguno de ellos. Son simples acabados en la decoración, sin más.

Suena el timbre. Desvío la vista del cuadro con cierta desazón, y necesito un momento para serenarme antes de que Roxy y Mike se reúnan con nosotros. Me vuelvo a ver las vistas del Sound.

Percibo la alegría en las tres voces mientras se saludan. Qué raro se me hace adaptarme a esta mezcla de lo antiguo y lo nuevo, a la rapidez con que Garrett se ha hecho un sitio aquí, de una forma tan inesperada.

—Ahí está la vecina más guapa —anuncia Mike, y el timbre de su voz me dice que ha entrado en el salón.

—¡Y hay un sofá muy guapo también! —exclama Roxy. Me vuelvo justo a tiempo de verla acomodarse con elegancia en él. Se ha cambiado y se ha vestido con una túnica larga hasta los pies con los colores del atardecer, y parece una reina sentada en su opulento trono—. Y además es muy cómodo.

Me acerco a Mike para abrazarlo y consigo sonreírle a Roxy por encima de su hombro, poniéndome de puntillas.

—¡Guau! Mira eso... —Mike me suelta y se detiene frente al gigantesco lienzo—. Vi una foto de este cuadro en internet, pero en directo es mucho más impresionante.

Garrett está al otro lado de la abertura que comunica el salón con la cocina, descorchando una botella de vino. Me mira fijamente, con expresión seria y atenta.

¿Se ha dado cuenta de cómo he reaccionado ante el cuadro? ¿De la emoción que me ha causado?

—¿Pintas todos los días, Garrett? —le pregunta Roxy.

—Antes sí. Empecé un nuevo cuadro hace un par de días, pero hace un año que no me sentía lo suficientemente inspirado para trabajar. Estaba empezando a pensar que había perdido por completo la chispa creativa.

—¿Como el bloqueo del escritor? —inquiere Mike, metiéndose una mano en el bolsillo de los vaqueros—. ¿El bloqueo del pintor?

—Sí, algo así.

Garrett entra en la sala de estar con dos copas de vino tinto en la mano de un color tan oscuro que parece casi negro.

—La creatividad en general puede sufrir un bloqueo —señala Roxy, aceptando con una sonrisa de gratitud la copa que le ofrece—. Necesitas tener la cabeza en el estado mental adecuado para sentirte creativa.

—Eso es muy cierto —conviene Garrett.

—Bueno, como Roxy podrá confirmarte, no soy ningún experto en arte —comenta Mike estudiando el lienzo—, pero, por si te interesa, tus obras me gustan mucho. Creo que es genial que tus cuadros no se parezcan a las imágenes que las inspiraron, pero puedo sentir lo que sentías tú cuando sacaste la foto. Si es que eso tiene algún sentido. Nunca he entendido el arte abstracto, pero esto sí que puedo entenderlo.

—Gracias. —El tono de Garrett es sincero—. Si sientes algo al mirar mi trabajo, eso es un gran cumplido, y lo acepto con mucho gusto.

La sonrisa de Mike se ensancha y veo cómo se relaja mientras toma la copa que le ofrece. Me recuerdo a mí misma que Garrett es como una estrella de rock en determinados círculos, un hombre guapísimo de formidable talento. Gracias a su afición por salir con supermodelos, su nombre aflora con regularidad en los programas y en los blogs de cotilleos, se ha sentado en primera fila en las pasarelas de las semanas de la moda y ha aparecido en las noticias de las redes sociales más populares. Yo no lo veo como una celebridad, pero entiendo que Mike y Roxy sí lo miren de ese modo. Y Garrett ha tranquilizado a Mike en cuestión de segundos.

—Éste en particular —continúa Mike— me deja sencillamente alucinado. Me pasó incluso cuando lo vi en la pantalla del ordenador. Hay tanta energía... Y, no sé..., ¿felicidad? Me hace sentir bien sólo con mirarlo.

Es evidente que Garrett está conmovido. Yo también lo estoy.

—Yo estaba pensando lo mismo —admite Roxy desde el sofá. Se ha sentado en el mismo sitio de antes, con las piernas cruzadas y un brazo sobre el respaldo, tan cómoda como si estuviera en su propia casa—. Es un cuadro que transmite felicidad. Y me recuerda a la nieve. ¿Qué foto fue la que lo inspiró?

—Una de unos guantes de esquí en una mesa —responde Mike—. ¿A que es increíble? Ver eso en una mesa y luego ver esto. —Hace un gesto con ambos brazos hacia el lienzo.

Garrett regresa al hueco de la pared y toma un largo trago de vino, casi apurando la copa.

—Esa obra supuso un punto de inflexión para mí —afirma con aire sombrío, lamiéndose el vino del labio inferior—. Antes de eso, estaba centrado en pintar naturalezas muertas. Fue mi esposa quien me desafió a tratar de transmitir la emoción a través de la pintura, en lugar de pintar objetos e intentar hacerlos resonar emocionalmente.

Las cejas de Roxy salen disparadas hacia arriba.

—Ah. Creía que estabas soltero. No es que sepa gran cosa sobre ti, pero no me apareció nada en sentido contrario cuando me puse a indagar sobre tu vida en internet... Soy inofensiva, te lo prometo. Así que supongo que simplemente di por sentado que...

Su ligera sonrisa se desvanece con rapidez.

—Cuando empecé a tener cierto éxito con mis cuadros, mi esposa prefirió quedarse en un segundo plano, así que nunca hablaba de mi vida personal cuando me entrevistaban.

—Es genial que te quedaras con el cuadro y no se lo vendieras a alguien —comenta Mike.

—En realidad, sí lo vendí. Tuve que volver a comprarlo, pero el hecho de que quisiera que me lo devolvieran hizo que el comprador estuviera aún más decidido a conservarlo. Intentó sacarme hasta el último centavo.

Roxy asiente.

—Puedo entender el apego a una obra que marque un momento especial. Yo me he quedado con el primer cuenco que hice; estaba muy orgullosa de él.

—Eso fue un factor, sin duda. —Garrett se dirige hacia donde estoy yo, junto a los ventanales—. Pero lo que hace que esa pieza sea tan especial es lo que no se ve. Debajo de la capa abstracta de la superficie está la naturaleza muerta original de los guantes de mi hijo y de mi esposa. Estaba tan enfadado con ella cuando me dijo lo que no quería oír sobre mi estilo artístico que tapé lo que ya estaba allí. Lo que quería era demostrar que yo tenía razón, pero al final lo único que hice fue acabar dándole la razón a ella.

—¡Tienes un hijo! —La cara de Roxy se ilumina—. ¿Cuántos años tiene?

Garrett respira hondo antes de responder:

—David habría cumplido siete este año.

Vuelvo la cabeza, lo miro y siento el nudo familiar, frío y duro atenazándome el estómago. Me frota la espalda arriba y abajo con la mano, como si me estuviera consolando, cuando es su cara la que está tensa y pálida.

El momento se solidifica en ámbar, conservado para siempre. Mike y Roxy se han quedado petrificados en el sitio, sus rostros demudados con una expresión de lástima y horror.

Deslizo el brazo alrededor de la cintura de Garrett,

tratando de transmitirle aunque sea el consuelo más mínimo. Apoyo la mejilla contra su pecho, sintiéndome impotente.

—Oh, Garrett... —Roxy hace una mueca—. No sé qué decir... Lo siento muchísimo.

—Yo también —dice él, liberando la tensión de su cuerpo con una profunda exhalación—. Lo siento todos los días. Han pasado catorce meses, tres semanas y cuatro días, y a veces todavía me parece una pesadilla de la que estoy esperando despertar.

—Yo...

Roxy mira a Mike con gesto de impotencia.

—No hay nada que decir, Roxanne —replica Garrett con gentileza—. Perder a un hijo es algo terrible y espantoso.

—Lo siento —dice Mike con voz brusca. Mira a todas partes menos a Garrett cuando toma un sorbo de vino—. No puedo ni imaginarlo siquiera.

—No lo intentes. —Garrett presiona los labios sobre mi coronilla—. Tú ten cerca a las personas a las que amas. Reserva tiempo para ellas. Disfruta de ellas.

Un peso inmenso sobrevuela la habitación, un escalofrío a pesar de la luz del sol que entra a raudales por las ventanas. Garrett me mira y veo el profundo pozo de su pena en sus ojos.

Se endereza, cuadrando los hombros y alzando la barbilla. Un hombre destrozado que recurre a toda su fuerza para no caerse a pedazos.

7

—Apenas has comido.

Garrett me está acompañando a casa. Busca mi mano y entrelaza nuestros dedos. Esta noche es más tarde que la noche anterior, lo bastante tarde para que se haya hecho realmente oscuro.

—Es que no tenía mucha hambre.

No pregunta por qué mientras subimos el corto tramo de escalones que conectan su jardín, un poco más abajo en la pendiente, con el mío. Rodeamos el muro de contención que me procura una extensión plana de césped y luego avanzamos por el camino hacia la puerta principal.

—No has vuelto a hablar desde que mencioné a David —dice en voz baja.

Suspiro y le aprieto la mano.

—Lo siento si ha parecido que hacía eso.

—No es que lo haya parecido, es que ha sido así.

Casi quiero que se enfade conmigo para poder sentir algo más que esta tristeza tan terrible, pero no está enfadado. Habla en tono pragmático, frío, y me sujeta la mano con aire despreocupado y tranquilo.

—Lo siento, Garrett.

—Deja de disculparte. Sólo quiero saber cómo estás, eso es todo. Has tenido la cabeza en otra parte casi toda la noche, y, dondequiera que sea ese otro lugar, yo también quiero estar allí.

—¿Y no te parece alucinante? Debería ser al revés. Debería ser yo quien te preguntara cómo estás. —Sacudo la cabeza, enfadada conmigo misma por no poder ayudarlo.

Me detengo ante la puerta de mi casa. Levanto la mano y le acaricio la mejilla. Después de un año dando tumbos en la oscuridad, lo veo convirtiéndose en una luz para mí. Siento cosas por él, cosas que creí que no volvería a sentir jamás. Por eso no quiero ser una carga que le impida avanzar.

—Te mereces a alguien que pueda consolarte.

—Tú lo haces. —Me atrae hacia sí—. Tenerte a mi lado esta noche..., me basta con eso.

—No me lo creo.

—Tú no sabes qué es lo que me funciona y lo que no, Teagan —repone con delicada firmeza—. Has sentido tristeza al oírme hablar de eso. Es normal.

Normal. Yo tuve una vida normal una vez. Una vez fui normal, pero eso forma parte del pasado. La tristeza es algo que las personas normales experimentan dentro de un espectro de emociones. Para mí es una grieta que se ensancha hasta convertirse en un abismo que me engulle por completo, y me lleva días salir de él.

—Estoy muy cansada, Garrett —digo con total sinceridad. Estoy tan agotada que es como si tuviera las piernas de plomo. Incluso respirar me cuesta un gran esfuerzo—. Todavía estoy con *jet lag*, y ha sido un día muy largo.

Frunce el ceño con furia.

—No me parece buena idea dejarte sola en este momento.

—No te preocupes por mí. Además, tienes a Roxy y a Mike esperando.

Apoya la frente en la mía con un suspiro.

—Si no vuelvo, captarán la idea y se irán.

Noto cómo me balanceo en sus brazos, igual que un junco bajo el agua. La superficie está cada vez más lejos a medida que voy hundiéndome.

—En serio, me voy a quedar frita en cuanto mi cabeza toque la almohada —le aseguro con una voz que suena muy lejana, incluso a mis propios oídos.

Me suelta a regañadientes, me observa mientras abro con la llave y luego le cierro la puerta en la cara. Mis llaves caen al suelo. Echar el cerrojo es demasiado esfuerzo. Me dan ganas de tirarme en el sofá, pero me obligo a ir al dormitorio.

Ha pasado algún tiempo desde la última vez que estuve así, pero reconozco las señales del camino. Y también el destino final. Ahora sólo el olvido que procura el sueño puede servirme de consuelo.

Un suave gemido se me escapa de los labios cuando estoy lo bastante despierta para comprender que alguien está llamando a la puerta. Es un sonido agresivo, impaciente, acompañado por los exigentes avisos del timbre.

Volver al estado consciente es como si me sacaran del fondo de un lago. Estoy enterrada en barro y limo, y me voy despojando despacio de la pesadez a medida que una fuerza externa tira de mí hacia la superficie. Lucho contra la fuerza, me pongo de costado y cierro los ojos. Todavía estoy muy cansada.

Percibo la luz del sol. No cerré las persianas. La claridad no me da pistas sobre la hora que es. El sol sale temprano en verano.

Palpo con la mano a mi espalda, tiro de la colcha hacia mí y me envuelvo en una especie de capullo. El ruido se desvanece y vuelvo a dormirme.

El irritante sonido de unos golpes en el cristal me hace recobrar la conciencia. Enroscándome en un apretado ovillo, los ignoro, pero la puerta de la terraza se abre de todos modos. Una corriente de aire irrumpe precipitadamente en la casa, arrastrando consigo el canto de los pájaros y el zumbido lejano de los aviones. ¿Por qué está abierta la puerta? Hago un esfuerzo por recordar.

—Teagan.

El sonido de la voz de Garrett me humedece los ojos. La puerta se cierra. La habitación queda sumida en el silencio una vez más. Él tira de la colcha, desenroscando suavemente mis dedos apretados, deshaciendo mis esfuerzos para aferrarme a ella. En pocos segundos ya no me cubre.

—Oh, doctora... —dice bajito, con voz dolorida.

Se quita un zapato, luego otro. El colchón cede bajo su peso y se mete en la cama, detrás de mí. Me envuelve por completo por la espalda hasta que estamos tan juntos como dos cucharas emparejadas. Me rodea la cintura con el brazo; presiona los labios sobre mi cuello. Me inunda una oleada de calor. Vuelvo a hundirme en el olvido.

La necesidad de ir al baño me obliga a levantarme al fin. Me froto los ojos hinchados y legañosos antes de abrirlos, y el suave resplandor naranja que veo en la pared me dice que el sol ha completado su recorrido a través del cielo. En mi estómago, la bola de hielo es como una piedra, ardiendo de frío.

¿Cómo puede algo tan sólido producir una sensación de vacío tan grande y atroz?

Estiro las piernas y hago una mueca de dolor al sentir el calambre en los músculos después de estar en la misma posición durante demasiado tiempo. El brazo que me rodea la cintura afloja la presión, liberándome para que pueda sentarme en el borde de la cama. No miro a Garrett cuando me levanto ni cuando me dirijo al baño y cierro la puerta. No me miro en el espejo después de haberme aliviado y lavado las manos. Sin embargo, cuando abro la puerta de nuevo, Garrett está allí esperando, de pie junto a la cama, con pantalones de deporte y calcetines negros.

Miro detrás de él hacia la puerta corredera y comprendo que quizá me olvidé de cerrarla después de que él y yo saliéramos a la terraza el día anterior.

Parece que haga siglos de eso.

Vuelvo a fijar la mirada en él. Frunce el ceño con fuerza, y sus ojos se han oscurecido hasta adquirir un profundo tono esmeralda. Parece preocupado y está pálido, y la inquietud por él logra atravesar el entumecimiento que me envuelve.

Me duele respirar. Aun así, lo consigo.

—Lo siento.

Me atrae hacia sí y me abraza con fuerza.

—Lo único por lo que debes disculparte es por no dejar que me quedara contigo anoche. Maldita sea, Teagan. Sé lo que es una depresión, lo que se siente. No tienes que sufrir sola.

Pasa mucho tiempo antes de que lo que acaba de decir penetre realmente en la niebla que empaña mi mente. Me humedezco los labios resecos antes de hablar.

—No estoy bien —le digo.

Me planta un beso en la frente.

—Ya me he dado cuenta.

—Tú eres mucho más fuerte que yo.

—¿Y? Puede que lo sea, sí. Y tú eres muchísimo más inteligente que yo. Y mucho más guapa también. Eso se llama equilibrio.

—Revisa tu espejo, Frost.

—No lo digo con falsa modestia. Sé que soy un chico guapo, me he aprovechado de eso con las chicas guapas como tú toda la vida.

Soltaría un gemido de protesta ante esa afirmación si tuviera la energía.

—Estás intentando animarme.

—No es ningún delito.

—Estoy tan cansada... —Bostezo, muerta de agotamiento.

—He pedido algo de comida para llevar mientras estabas en el baño. Si comes algo, dejo que vuelvas a dormirte.

A pesar de los pesares, me hundo en él.

Garrett me mira con frialdad y me acerca la cuchara a los labios con tozudez.

—Sigue. Sólo te has comido la mitad.

—Estoy llena.

—No, no lo estás.

Abro la boca sólo porque no quiero que me eche la sopa por encima, no después de haberme arrastrado hasta la ducha por culpa de su insistencia. La sopa se ha enfriado, pero aún está tibia. No tengo ni idea de qué es, aparte de algún tipo de caldo.

—No sabe a nada —me quejo después de tragar.

Estamos sentados en el comedor, rodeados de comida para llevar. Estoy a la cabecera de la mesa, de espaldas a la cocina contigua. Él está a mi lado, de espaldas a las vistas. Ahora ya nunca podré mirar fuera desde esta silla sin imaginármelo ahí, con el torso desnudo e iluminado por la exigua luz del sol, escondiéndose despacio.

—Pues resulta que es una sopa de pollo con fideos que está buenísima —responde—. Pero puedes comerte mi sándwich, si lo prefieres.

—No tengo apetito.

Me siento fatal, además de culpable. Debe de estar muerto de hambre después de no haber comido nada en todo un día, pero está asegurándose de que coma yo primero.

Abro la boca para decirle que no soy una niña, pero me introduce una cucharada de sopa antes de que pueda pronunciar una sola palabra. Lo fulmino con la mirada.

—Así, muy bien —murmura limpiándome la barbilla con una servilleta—. Ya se empieza a ver un poco de energía en esos preciosos ojos castaños.

—Voy a tirarte la sopa por encima.

Los profundos surcos de su frente se suavizan.

—Conque sí, ¿eh? ¿Crees que puedes conmigo?

La idea es absurda. Mide metro noventa y pesa casi cien kilos. Eso lo hace dos palmos más alto que yo y casi cincuenta kilos más pesado. Hubo una época en mi vida en la que me cuidaba, hacía ejercicio, comía bien. Ahora..., bueno, estoy demasiado delgada, no tengo tono muscular y seguramente no podría ni siquiera enfrentarme a un gatito en plan juguetón.

Aunque a pesar de todo eso...

—Tú manejas un pincel, guapito de cara. Mientras que yo uso un bisturí.

—Oh, un combate verbal... Me gusta la idea.

Aparta al fin el plato de sopa y luego agarra los brazos de mi silla y me arrastra hasta el hueco entre sus piernas abiertas.

—Hablando de pinceles... Anoche soñé contigo. Había extendido unos lienzos en el suelo, tú estabas tumbada desnuda sobre ellos y yo te estaba volviendo loca pasándote los pinceles por todo el cuerpo.

No estoy en condiciones de reaccionar a su fantasía sexual.

—¿Nada? —pregunta.

—¿Qué quieres que te diga? Te estás tomando muchas molestias para meterte en mis bragas, pero eres demasiado guapo para esforzarte tanto por acostarte con una tarada como yo.

—Guau, a eso lo llamo yo un pedazo de discurso. —A pesar de su aire divertido, las sombras siguen oscureciéndole la mirada—. Para que conste, aspiro a algo más que a un simple revolcón.

—¿Qué ha pasado con lo de ir paso a paso y tomarse las cosas como vienen? ¿Con lo de concentrarse en el aquí y el ahora y todo eso?

—Sí, ya hemos superado esa fase. —Garrett toma mis manos entre las suyas—. Ahora se trata de nosotros dos, tú y yo, y mañana, y al día siguiente, y el día después de ése.

Me acerco más a él, sosteniéndole la mirada.

—Mereces ser más feliz que aquí, ahora. No te castigues estando conmigo.

Suelta un suspiro.

—Teagan, no sé qué es lo que crees que debería salir a buscar ahí fuera, cuando tengo todo el misterio de los océanos más insondables sentado aquí, delante de mí.

Eso me sume en un momento de silencio perplejo antes de protestar:

—No soy ningún misterio insondable, Frost. No hay ningún tesoro que descubrir. Lo que ves es lo que hay.

—Soy un tipo para el que la búsqueda en sí vale más la pena que el hallazgo del tesoro. La primera puede durar siempre; la segunda es el final del camino.

Su mirada es sincera y directa. Agacho la cabeza. Me miro las manos en el regazo.

—Yo también tengo días de mierda, ¿sabes? —continúa—. Puedes creerme.

—No me tomas en serio.

—Lo estás enfocando desde una mala perspectiva. —Me aprieta con más fuerza—. Estás destrozada. Yo estoy destrozado. No tiramos las piezas. Las hacemos encajar hasta que logran formar algo nuevo.

Una imagen se forma en mi mente, abriéndose paso a través de la bruma.

—Como los mosaicos que hace Roxanne —digo en voz baja.

—Exactamente.

—Roxy usa guantes para que los bordes irregulares no le rasguñen los dedos.

—Nosotros no llevamos guantes; estamos cavando directamente con las manos, y si nos hacemos algún rasguño... Bueno, tú eres cirujana. Lo solucionaremos.

—Eso es mezclar una metáfora con la realidad —señalo secamente.

Garrett esboza una sonrisa franca.

—No, eso es mezclarnos a ti y a mí, nena.

Voy a tirar la toalla. No quiero seguir peleando: estoy demasiado agotada, él está demasiado decidido... y es demasiado tentador. Si él quiere lidiar con mis problemas, dejaré que lo haga. En otra época habría necesitado días para ducharme y comer después de tocar fondo.

Él mejora las situaciones.

Dudo de mi capacidad de hacer lo mismo por él, cosa que hace que me sienta egoísta, pero puedo intentarlo. Garrett se lo merece.

—¿Estás lista para volver a la cama? —me pregunta.

—No hasta que te comas tu sándwich.

—¿Me haces compañía?

Se acerca y me aparta el pelo húmedo de la cara.

Volviendo la cabeza, le beso la palma de la mano.

—Ése es mi plan.

8

Me digo a mí misma que debo poner freno a mi entusiasmo antes de que suene el timbre, pero, cuando lo hace, tengo que caminar más despacio de forma consciente para no llegar a la puerta demasiado rápido. Ya he desconectado la alarma. Sólo tardo un segundo en abrir el cerrojo de seguridad. Me he acostumbrado a esperar con ansia la hora del café que comparto con Garrett a primera hora de la mañana, y cuando abro la puerta, recuerdo los motivos.

—Buenos días, doctora —me saluda plantado junto a la puerta con unos shorts negros y unas zapatillas de deporte. Apoya una mano en el marco, exhibiendo su cuerpo escultural como quien no quiere la cosa.

Me tomo mi tiempo para admirarlo, como si no me hubiera estado alegrando la vista con semejante imagen excepcional cada mañana durante toda la semana anterior.

Naturalmente, si lo atractivo sólo fuera su físico, al final acabaría inmunizándome, pero es la poderosa seguridad sexual que despliega lo que lleva mi deseo por él absolutamente a otro nivel.

—Buenos días, Garrett.

Abriendo la puerta, retrocedo unos pasos para dejarlo entrar. Respiro hondo cuando pasa por mi lado. Huele tan bien... Luego cierro la puerta despacio, tal vez demasiado despacio, muerta de expectación.

Ahora anhelo la sensación de tener su boca sobre la mía, de paladear el sabor de su lengua y lo que siento cuando me abraza. Tengo hambre de él, un hambre que aumenta cada día que pasa.

Me vuelvo para mirarlo y él me atrae hacia sí con esa agilidad de bailarín, inclinando la cabeza para plantarme un beso en los labios. Cierro los ojos y abro la boca para dejarlo entrar.

Hay magia en un hombre que sabe cómo besar a una mujer, y Garrett es todo un artista, tanto en eso como en su trabajo. La presión de los labios es perfecta, lo bastante firme para transmitir su deseo, pero también lo bastante delicada para mostrar su preocupación por adecuarse al mío. Las profundas acometidas de su lengua son suaves, lentas y rítmicas, casi a modo de preludio antes de una penetración más íntima, o al menos así lo interpreta mi cerebro; sus brazos a mi alrededor forman una acogedora jaula, dominante y tierna a un tiempo. Pero, por encima de cualquier otra cosa, me hace saber que será él quien lleve la iniciativa en todo momento cuando vayamos por fin a la cama, y no tengo absolutamente nada que objetar a eso.

Cuando Garrett se aparta, todo mi cuerpo está en llamas. La urgencia que siento por él palpita entre mis piernas, haciéndome apretar los muslos. Ahora lo único que quiero es acostarme a su lado y besarlo durante horas. Sólo de pensarlo ya siento un estremecimiento en el pecho.

Se lleva mis manos a los pectorales y presiona mis palmas contra el calor de su piel desnuda. Sus ojos se cierran mientras lo acaricio. Enredo los dedos en el vello de su pecho antes de recorrer con ellos los intrincados trazos de sus tatuajes. El dibujo es una sola figura inmensa, no imágenes aleatorias, y similar en ambos brazos, aunque no un reflejo exacto.

—Teagan —pronuncia mi nombre con un suspiro.

Me encanta palpar el músculo duro bajo la piel caliente. Mientras acaricio con los dedos las protuberancias de sus abdominales, las resigo con la mirada. Está tremendamente excitado, por el beso y por mis caricias. Su pene está orgullosamente erecto, el ancho glande asomando ya por la cinturilla de sus pantalones cortos.

Se me hace la boca agua. La evidencia de su tamaño, el impresionante grosor y la longitud de su pene, me pone muy cachonda. Mientras lo observo, una gruesa gota de líquido preseminal se acumula en el amplio glande.

—Teagan, si sigues mirándome así la polla, mi paciencia se va a agotar muy pronto. ¿Estás lista para eso?

Trago saliva y aparto los ojos para mirarlo a la cara. Tiene los pómulos esculpidos teñidos de un rojo intenso y una provocativa carnosidad en los labios por la fogosidad de mi intenso beso. Presa de la lujuria, está todavía más guapo.

Pero yo me siento más intimidada. Porque no hablamos de su pasado o del mío, tampoco hablamos de la próxima semana; sólo existimos en el presente y en el mañana, en el ahora. Y, sin embargo, hay una parte de mí que ya depende de su presencia continua durante mucho tiempo, el mayor plazo de tiempo que alcanza mi imaginación, y ése es un precipicio extremadamente peligroso sobre el que sostenerse.

Así que niego con la cabeza, sabiendo que es necesario dar ciertos pasos entre un momento y otro.

—Casi estoy lista.

—«Casi» es un paso en la dirección correcta. —Garrett me planta un beso rápido y fuerte en la frente y se aparta, recolocándose los pantalones cortos—. Vamos a hablarlo mientras nos tomamos el café —sugiere, aún con la voz áspera tras los desenfrenados minutos, pero sin rastro de frustración o irritación.

Parece que hoy es un buen día para él. Suelo tardar un poco en descubrir si su estado de ánimo es bueno o malo. Tanto si está de buen humor como si no, siempre me saluda del mismo modo, y su beso es siempre ardiente. No es hasta al cabo de un instante, una vez que nos hemos separado, cuando puedo adivinar si ese día lo persiguen sus fantasmas o, por el contrario, lo han dejado en paz.

Nos decimos que tan sólo se trata de empezar el día juntos, pero también es un punto de partida emocional para los dos, una forma de comunicarnos para asegurarnos de que ambos estamos bien emocionalmente. A veces él está melancólico y pensativo, sí, pero aún no se ha mostrado deprimido hasta el punto de que me haya sentido obligada a intervenir de la forma en que él lo hizo conmigo.

Me voy a la cocina, rehuyendo sus ojos porque hay lágrimas en los míos. No puedo dejar que salgan, porque sé que, a pesar de toda la fortaleza que aparenta, todavía podría romperse, y pese a ello me trata como si fuera yo quien pudiera quebrarse de un momento a otro.

Sigo el ritual cotidiano de prepararle una taza de café, dándonos tiempo de ese modo para recobrar la serenidad. Él lo toma solo, así que es muy fácil de preparar, pero de todos modos lo hago con mucho cuidado, atemperando la taza con agua caliente del grifo antes de llenarla.

—¿Cómo vas con el cuadro? —le pregunto, porque sé que su obra como pintor es una parte importante de su vida, y puede ser un obstáculo entre nosotros, o bien todo lo contrario, algo que compartir.

—Ya casi lo he terminado.

—¿Ah, sí? Pues qué rápido, ¿no? —Niego con la cabeza—. Pero ¿qué estoy diciendo? No tengo ni idea de cuánto tiempo se tarda en terminar un cuadro.

Sonríe cuando le doy el café. Está al otro lado de la isla con encimera de cuarzo, y lamento que un mueble se interponga entre nosotros. Lamento tantas cosas que no digo...

—Ha salido un poco más rápido que otros, sobre todo teniendo en cuenta el tamaño, pero estoy inspirado. —Sus labios se curvan sobre el borde de la taza y los ojos le brillan con una risa maliciosa—. También confío en el trabajo para permanecer alejado de tu puerta, y para mantener las manos alejadas de ti.

—Ah.

Respiro hondo. Soy consciente de que hay un reloj en marcha en algún lugar, registrando la cuenta atrás de los momentos que faltan antes de que lleguemos a un punto de inflexión. Está bien saber que no se trata de un plazo totalmente arbitrario, pero me siento como si hubiera desperdiciado el espacio que me ha dado al no adelantar las cosas de algún modo.

—¿Sabes, Teagan? Siempre puedes decir que no, y yo seguiré esperando. Vale la pena esperar por ti. —Su mirada está llena de ternura—. Pero tengo que preguntártelo: ¿hay algo que pueda hacer o decir para que la idea de acostarte conmigo te resulte menos... intimidatoria?

Su intuición me asombra.

—¿Es que lees la mente?

—Simplemente sigo con atención todos tus movimientos.

Toma otro sorbo y observo la curva de su garganta al tragar.

Nunca me había dado cuenta de lo sexy que puede ser que alguien preste atención. Garrett se percata de todo, y utiliza esa información para intentar construir un puente entre nosotros.

—Esto es lo que importa: tú y yo —afirma—. No sabes las ganas que tengo de que empecemos esto entre nosotros. No es ningún secreto lo mucho que quiero disfrutar del sexo contigo, pero más aún que eso, estoy impaciente por ver lo que sucede después de disfrutar del sexo contigo. Pequeñas cosas, como tomarme el café descalzo porque justo acabamos de levantarnos juntos de la cama, y cosas más grandes, como quitar este muro que hay entre nosotros para que no estés excitada a medias y aterrorizada a medias cada vez que te beso.

Soltando un suspiro, me apoyo contra el fregadero. Garrett me mira fijamente, con el gesto serio.

—No quiero dar ese paso si eso va a estropear las cosas entre nosotros. Así que dime qué es lo que te está frenando y veré si es algo que pueda allanar de algún modo.

Enrosco los dedos en el borde de la encimera a mi espalda, agarrándolo con fuerza.

—Los caminos no siempre son llanos, Garrett. Son los baches los que me preocupan.

—Si seguimos hablando y diciéndonos las cosas, todo irá bien.

—Pero es que no estamos hablando de verdad, ¿no es así? —Me incorporo—. Estamos yendo los dos con pies de plomo.

—Yo estoy listo para hablar de verdad. ¿Lo estás tú?

—No.

Se ríe, y es una risa de regocijo, sonora e intensa.

—¿Qué voy a hacer contigo?

—No tengo ni idea, pero sí sé lo que me gustaría a mí hacer contigo. —Cruzo los brazos sobre el pecho—. Creo que necesitamos salir de esta pequeña burbuja en la que hemos estado bailando. Ya sabes, dejar entrar un poco de aire.

—Eso suena bien. ¿Cuál es tu plan?

—¿Ya has visitado el centro de la ciudad? Más concretamente, ¿has ido al Pike Place Market?

Levanta las cejas con interés.

—La verdad es que no.

—¿Y si te secuestro esta tarde y te llevo allí? Podemos comprar algunas *delicatessen* para hacer una tabla de embutidos, y luego volver aquí y ver una película.

Deja la taza, apoya las palmas de las manos sobre la encimera y se inclina para mirarme a los ojos.

—Sí. Perfecto.

Su entusiasmo me hace sonreír.

—Muy bien.

—Y para que quede claro: puedes secuestrarme y apartarme del trabajo cuando quieras. No pienses en ningún momento que no puedes hacerlo. Sé que cometí ese error en el pasado, anteponer mi trabajo como pintor a todo lo demás. No tenía bien establecidas mis prioridades. —Me acaricia la mandíbula con los dedos—. No puedo prometerte que no vaya a cagarla alguna vez, pero puedo prometerte aprender y hacerlo mejor.

Pongo la mano sobre la suya, apoyando la mejilla sobre su palma.

—No puedo decir cuánto puedo cambiar. Me he trazado... una especie de ruta, ¿sabes? Me he dicho a mí misma que seguirla me servirá para que no me pierda.

—Voy a contarte un secreto —susurra—: creo que estás en el buen camino.

Abro la boca para objetar, pero él me pone un dedo en los labios, con la ceja levantada en un desafío silencioso.

—Café y besos todas las mañanas —señala—. Vamos a salir juntos luego, una cita que tú misma me has propuesto. Reconócelo, doctora: soy sencillamente irresistible.

Deja caer la mano, agarra la taza y termina su café.

—Conque irresistible, ¿eh? —contesto encantada con su tono de broma. Me hace feliz verlo feliz. Igual que me duele verlo sufrir.

—Todas las señales apuntan a ello. —Garrett rodea la isla y lleva su taza al fregadero—. Cuando veamos esa película juntos, te apuesto lo que quieras a que no podrás mantener las manos quietas y lejos de mí.

—Acepto la apuesta. Veinte dólares.

—Mil.

—¿Qué? Eso es una locura.

Coloca la taza lavada en el escurreplatos y me mira a la cara.

—Tú te quedas con tus veinte y yo apuesto mis mil.

—Retiro lo de locura, eso es hacer trampa.

—Yo prefiero considerarlo como un incentivo adicional. —Me pasa un brazo por la cintura y me atrae hacia sí para darme un beso—. Ahora voy a combatir mi frustración sexual saliendo a correr un rato. Regresaré dentro de un par de horas. Ven a buscarme cuando me necesites.

Le envuelvo la cintura con los brazos.

—No olvides hacer estiramientos y calentar antes de ponerte a correr colina arriba.

Suelta una risotada, sonriendo de oreja a oreja.

—Sí, definitivamente, te has desviado de tu rumbo en algún momento.

Garrett sale por la puerta.

Ya estoy echando de menos su energía y su calidez.

Me pongo delante del espejo, mordisqueándome el labio y trasladando el peso del cuerpo de un pie al otro. No sé si ponerme la ropa que acaban de traerme a casa o decidirme por algo de lo que ya tengo en el armario. He pedido un top nuevo y unos shorts con el servicio de entrega en una hora, pero no acaba de convencerme cómo me queda el conjunto.

En la imagen de la aplicación se veía el top como una camiseta de cuello barco que llegaba justo por debajo de la cintura. Ahora, en cambio, me resbala por los hombros y, como los shorts son de cintura baja, mi estómago queda mucho más al descubierto de lo que esperaba. Aun así, el top es de manga larga, y la tela de rayas que alternan entre el verde claro y el oscuro es más alegre que sexy.

Pero lo que realmente me tira para atrás es que no tengo ningún sujetador sin tirantes. No he comprado ninguno, y como el top no parecía dejar los hombros al descubierto en la aplicación, no creí que fuera a necesitarlo. No es que tenga el pecho tan grande como para tener que llevar uno obligatoriamente, pero es que los pezones pueden delatar la ausencia de sujetador igual o más que cualquier movimiento bamboleante.

Y, con ésta, ya van dos veces que me visto expresamente para Garrett y que voy sin sujetador.

Con un gruñido, me rindo.

—Voy a llevar esto y punto —le digo a mi reflejo—. No es que esté creando falsas expectativas: tarde o temprano, voy a acabar acostándome con él, pase lo que pase.

Resulta liberador admitir eso en voz alta. Me siento frente al tocador, abro el cajón y miro mi triste colección de maquillaje: protector solar con color, un tubo de rímel, brillo de labios y un lápiz delineador de ojos.

Lo cierto es que dejé de preocuparme por mi aspecto

hace mucho tiempo, y hacer un esfuerzo para estar presentable es sólo eso, esfuerzo. Cuando tenía mi consulta, me aseguraba de ir siempre impecable. ¿Cómo, si no, podía esperar que mis pacientes confiaran en mi criterio estético? Pero esos días forman parte del pasado.

Me sorprende que Garrett me encuentre tan atractiva. Aun así, quiero impresionarlo, al menos un poco. Hacer que se vuelva loco, tal como dijo Roxy de forma tan elocuente.

Cuando termino, ya he utilizado todos los productos del sistema ECRA+ para la cara y el cuello y me he puesto el protector solar, el delineador de ojos, el rímel y el brillo. Me hago una trenza con el pelo para apartármelo de la cara.

Salgo pitando por la puerta y subo los escalones de su casa dando saltos para que no me dé tiempo a dudar sobre mi vestimenta otra vez. Mis Converse gastadas son un toque informal —definitivamente, no estoy poniendo demasiado empeño en el calzado—, y el nuevo conjunto destila seguridad en mí misma. Pero se me hace extraño notar el aire en los hombros y la espalda. Aunque es muy sexy, de eso no hay duda alguna.

Después de llamar al timbre, intento dejar de dar saltitos. Me cambio de un hombro a otro la bolsa que he traído para las compras, aunque los únicos artículos que contiene son mis llaves y mi teléfono. Garrett me dice a gritos que pase, así que abro la puerta y entro. Estoy andando hacia la sala de estar cuando asoma por la esquina del pasillo y me paro en seco.

Estoy acostumbrada a verlo todo de negro, pero hoy lleva una camiseta azul marino que le sienta genial con su piel bronceada y sus tatuajes. Lleva unos vaqueros azul descolorido, y sus botas negras son todo un lienzo salpicado de gotas de pintura.

Lanzo un silbido de admiración. Este hombre está exageradamente bueno. Puedo quejarme todo lo que quiera, pero lo cierto es que tiene motivos de sobra para ser tan arrogante como es.

Mi sonrisa se desvanece cuando sigue avanzando hacia mí, con la mandíbula apretada y la mirada intensamente fija. Igual que el primer día que apareció en el barrio, viene directo, a punto de chocarse conmigo, y retrocedo un paso por instinto, con el pulso acelerado.

—No te atrevas a moverte —advierte con la voz profunda y ronca.

Al cabo de un momento estoy en sus brazos, y su boca está en la mía. Mi bolsa cae al suelo con un ruido sordo y definitivo. Garrett me levanta sin esfuerzo, poniéndome a la altura de sus ojos. Envuelvo las piernas alrededor de su cintura, percibiendo la línea esbelta de sus caderas y la firmeza de su trasero. Enrosco los brazos en sus hombros mientras inclino la cabeza para intensificar el beso. Desliza una mano cálida hacia arriba, por debajo de la parte de atrás de mi top, haciendo que me

119

estremezca antes de interrumpir el beso con una risa sin aliento.

—¡Me haces cosquillas!

Garrett me dedica una sonrisa indulgente.

—Lo siento.

—No, no lo sientes.

—Que sí, de verdad. Al hacerte cosquillas sin querer, has dejado de besarme antes de que consiguiera llevarte al dormitorio sin que te dieras cuenta. ¿Qué tal si pasamos del centro de Seattle y nos metemos bajo las sábanas?

Me río.

—Siempre piensas en lo mismo.

—No es culpa mía. —Me deja en el suelo—. Casi me has provocado un ataque al corazón entrando en mi casa con ese aspecto de diosa del sexo.

—No, si mi objetivo era evitar avergonzarte en público —le digo con ironía—. Deberías tener prohibido estar tan guapo. Y oler tan bien.

—Pero como mi intención es retenerte a mi lado, creo que seguiré cuidando mi aspecto y duchándome con regularidad. —Me mira de arriba abajo—. Con agua fría.

Suspira y luego se pasa una mano por el pelo.

—¿Puedo ofrecerte algo para beber?

—No, gracias.

Me sonríe y recoge mi bolsa.

—Entonces, salgamos, doctora. Vayamos a presumir el uno del otro.

9

—¿Conduces tú o yo? —pregunta Garrett mientras salimos por la puerta de su casa agarrados de la mano.

No puedo describir lo que siento al tener su mano en la mía, lo reconfortante que resulta para mí.

—Mmm... —Sonrío con cierta vergüenza—. Tal vez debería haber mencionado que no tengo coche.

Arquea las cejas.

—¿Estás bromeando?

—¿Qué iba a hacer una neoyorquina que se precie con un coche?

—Bueno, pero no estás en Nueva York, ¿verdad que no? Y tiene que haber un montón de gente que conduzca en Nueva York, o no habría tantos coches en la ciudad. ¿Tienes el permiso de conducir, al menos?

—Por supuesto. El hecho de que no tenga coche no significa que no sea capaz de conducir.

—¿Y cómo te mueves?

Me encojo de hombros.

—Con Rideshare, cuando tengo que ir a algún sitio.

Pero el noventa y nueve por ciento de las cosas que necesito pueden traérmelas a casa, así que...

Negando con la cabeza, Garrett me guía al Range Rover.

—Eso no puede ser rentable.

—Depende del valor que le des a tu tiempo. Además, el coste de los seguros, el impuesto de circulación, la posibilidad de sufrir un accidente, la huella ecológica de la fabricación de coches...

—Vale, vale. Entendido. —Me abre la puerta del pasajero—. Pero, de ahora en adelante, que sepas que estoy aquí. Si necesitas algo, podemos ir juntos a comprarlo.

Subo al coche apoyándome en el peldaño abatible y me acomodo en el asiento. Tener una excusa para pasar más tiempo con Garrett me parece muy bien, pero se me ocurren pasatiempos más sexys que ir de compras.

Me deposita un beso fuerte y rápido en la boca; luego cierra la puerta, rodea el capó y se sienta tras el volante. Sobre nuestras cabezas, un techo corredizo panorámico deja entrar la luz del sol y Garrett saca unas gafas de aviador negras de la guantera. Cuando presiona el botón de encendido, la música suena a todo volumen y lo baja rápidamente.

Con el comando de voz, da instrucciones al navegador para que nos lleve al Pike Place Market. Una vez que nos ponemos en marcha, sube el volumen, aunque no tan alto como antes.

—¿Puedo? —le pido permiso señalando la pantalla táctil.

—Claro, adelante.

Mirando por encima del hombro, da marcha atrás y empieza a enfilar el camino.

Sincronizo mi teléfono con su sistema y luego voy desplazándome a través de los *podcasts* hasta que encuentro una serie sobre crímenes reales que me apetece mucho escuchar.

Garrett me mira, pero lo único que veo es mi reflejo en sus cristales.

—¿Te parece bien? —le pregunto mostrándole la pantalla para que vea lo que he seleccionado—. O podemos hablar, si quieres. Es sólo que... ya no escucho mucha música.

Me toma la mano y se lleva mis nudillos a los labios.

—Sí, me parece bien.

Y todo sigue bien durante el trayecto hasta el Pike Place Fish Market, el famoso puesto de pescado del popular mercado de Seattle en el que unos chicos extremadamente eficientes se lanzan unos a otros enormes ejemplares de salmón entre exclamaciones de júbilo y alegría. Justo debajo del icónico reloj con el cartel de neón que dice PUBLIC MARKET CENTER, en el corazón del mercado municipal, se halla la cerdita *Rachel*, una estatua de bronce en cuyo interior se pueden depositar monedas y que es objeto de infinidad de fotografías, y hay además una multitud de espectadores que, entre gritos de entusiasmo, observan —y graban en vídeo— el intercambio de peces voladores.

Garrett carga con mi bolsa de la compra, ahora mucho más pesada gracias a una botella de vino, *salumi*, nueces, fruta deshidratada, *tapenade*, galletitas saladas y queso, todo adquirido en la maravillosa DeLaurenti, además de una manzana caramelizada bañada en chocolate negro de la fábrica de chocolate Rocky Mountain.

Lo he llevado a la cervecería Pike Brewing Company y luego a través del Atrium, donde ha visto la famosa estatua de madera del Sasquatch (cuyos genitales salta a la vista que han sido toqueteados con demasiada frecuencia) y la estatua metálica del calamar gigante colgada encima de él. Hemos pasado por delante de las tiendas con piezas de artesanía de las Naciones Originarias de Canadá y también de México, de puestos de camisetas con toda clase de lemas graciosos, de tenderetes con importaciones asiáticas, productos de parafarmacia y de cualquier cosa que se pueda imaginar.

Y todo ha seguido bien..., hasta que hemos salido del mercado y nos ha engullido la multitud.

Percibo con total claridad a los niños riendo y encaramándose encima de *Rachel*, ajenos a la atención de sus padres, que están absortos en el espectáculo de los peces que vuelan por el aire. El ruido es ensordecedor, con los gritos de los pedidos y los precios que se confunden con las estridentes conversaciones en una amplia variedad de idiomas. Alguien a mi lado necesita urgentemente darse un baño, y dos hombres a mi izquierda parecen peligrosamente al borde de una pelea a puñetazo limpio. Cuando una madre pasa junto a mí para rescatar a su hijo, con una voz chillona de impaciencia e irritación, siento que no puedo respirar y se me acelera el corazón. Tengo un nudo en la garganta y me arden los ojos por culpa de la sequedad.

Quiero irme de aquí. Unos pocos pasos y estaría lejos de la multitud asfixiante.

Pero me quedo por Garrett. Fijo la mirada al frente y desconecto de mi entorno, concentrándome en cómo voy a distribuir las piezas de charcutería en la tabla, cómo voy a cortar los embutidos, con cuál de los quesos voy a sugerir acompañar el...

—Teagan. —La voz de Garrett está cargada de tensión.

Cuando vuelvo la cabeza hacia él, a mi lado, me doy cuenta de que le estoy sujetando la mano con demasiada fuerza y de que la tengo húmeda por el sudor. Horrorizada, lo suelto inmediatamente. Pero él no me deja.

No es hasta que lo miro a la cara cuando comprendo que es él el que me está agarrando con todas sus fuerzas, y también que tiene la cara tensa y muy pálida. Tiene la mirada fija en *Rachel*... y en el enjambre de niños que hay subidos a ella.

—Eh. —Le doy la espalda a la multitud y rodeo su

cintura con los brazos. Como no me suelta la mano, el brazo se le queda atrapado en la parte baja de la espalda—. ¿Estás bien?

Asiente, pero aprieta la mandíbula.

—Qué pregunta más tonta —murmuro—. Pues claro que no. Salgamos de aquí.

—No. Dijiste que había más cosas.

—No necesitamos ver más cosas. Tú eres lo único que quiero ver, de todos modos.

Esa afirmación atrae su mirada hacia mí.

En el reflejo de sus gafas de sol veo la imagen de los fantasmas que lo atormentan. Deslizo la mano que tengo libre por debajo de su camiseta para acariciarle la piel desnuda.

—Estás caliente al tacto, y tienes el ritmo cardíaco elevado. Y para un hombre tan bronceado como tú, estás demasiado pálido.

La risa aguda y penetrante de un niño quiebra el aire, y Garrett sufre una violenta sacudida.

Maldice entre dientes.

—Alejémonos un poco de aquí.

Me preocupa que ese poco no sea suficiente, y verlo así me ha quitado las escasas fuerzas que tenía, pero retrocedemos hasta que llegamos al bordillo, en la acera de la intersección de Pine con Pike Place. Estamos completamente rodeados de gente. Nos convertimos en una isla en medio de una corriente de personas que fluyen en ambas direcciones.

—Volvamos al aparcamiento —le sugiero. La idea de regresar a casa me resulta más atractiva que seguir visitando el mercado.

Garrett se inclina y me estrecha en un fuerte abrazo. Presiona su mejilla contra la mía y oigo su voz áspera en mi oído.

—Me resulta muy difícil... ver a la gente con sus hijos. Sobre todo cuando están distraídos con otras cosas, en lugar de concentrarse en lo importante. Me dan ganas de ir y decirles que valoren más lo que tienen, joder.

—Oh, Garrett. —Quiero llorar, pero no puedo.

—Y cuando ocurre lo contrario y salta a la vista que están disfrutando con sus hijos, es como si me clavaran un cuchillo en el corazón. Y me pregunto por qué tengo que sufrir así. ¿Qué he hecho yo para merecer tanto dolor?

Apoyo la frente en su pecho. Lo abrazo más fuerte. Ojalá pudiera aliviar de algún modo su amargura. Sufre tanto... Lo sé por su trabajo y por su capacidad para expresar con palabras su angustia.

—Lo siento mucho.

Alguien pasa por nuestro lado y nos suelta que nos busquemos una habitación de hotel, lanzando una carcajada que nos resulta cruel.

Garrett hace caso omiso del comentario y me estrecha con tanta fuerza en sus brazos que ni siquiera el aire puede interponerse entre nosotros. A medida que pasan los minutos, siento cómo va apaciguándose su respiración. Bajo mi mejilla, el latido de su corazón también se ralentiza. Tardo un poco más en darme cuenta de que yo también me he calmado.

Su mano abandona la mía y se desliza hacia arriba para detenerse en mi nuca.

—Lo siento.

—¿Por qué? No tienes que disculparte conmigo.

—¿Te he asustado? —pregunta antes de apartarse y mirarme a los ojos. Me toca la mejilla con la punta de los dedos.

—Ha sido la multitud. Tú no me asustas.

Vuelve la cabeza y contempla los soportales del mercado, abarrotados de turistas. Todavía nos quedan por ver los puestos de las floristas, de las cooperativas de verduras y hortalizas, de los artículos de cuero, de las especias, de las piezas de bisutería y de arte de todo tipo. Al otro lado de la calle se encuentra el primer local de Starbucks de la historia, con el logotipo y el menú originales; el Piroshky Piroshky, famoso por sus deliciosas empanadas rusas, y mi favorito, los especialistas en queso artesanal Beecher's, adonde tenía pensado llevar a Garrett para recoger el último ingrediente para mi tabla de charcutería: un trozo del mismo queso Flagship que metí dentro de la cesta de regalo que le di cuando se vino a vivir a mi lado.

—Vámonos a casa —le digo con ansia—. ¿Por qué seguir pasando un mal rato cuando no tenemos ninguna necesidad?

—Porque debemos hacerlo. —Vuelve a mirarme, con una mueca de pesadumbre en los labios carnosos—.

La vida continúa, y nosotros todavía la estamos viviendo. —Dando un paso atrás, desliza la mano por mi brazo para tomarme del codo—. Vamos a seguir.

Otra mano me toca el hombro y, cuando me doy la vuelta, el corazón me da un salto al ver a la hermosa rubia que ha aparecido a mi espalda.

—¡Teagan! Sabía que eras tú.

Sus palabras tienen un ligero acento de Europa del Este, y su sonrisa es deliciosamente femenina. Tiene una melena rubia y brillante como el sol, y le cuelga en una tupida y elegante cascada casi hasta la cintura. Luce un aspecto muy chic, con unas botas negras con ribete de pelo negro a juego con las pieles del chaleco que lleva encima de un body gris marengo.

—Zaneta. —Me pongo nerviosa nada más verla—. Hola.

—Hace mucho tiempo que no vienes a verme. —Mira a Garrett, sonriendo al reparar en su mano sobre mi brazo—. Te dije que volverías a salir con un hombre, ¿lo ves? Tenía razón.

Estoy pasando tanta vergüenza que me salto las presentaciones.

—¿Tienes...? —Intento tragar saliva, pero tengo la boca seca—. ¿Tienes alguna novedad?

Me toma la mano y la aprieta.

—Aquí no podemos hablar. Ven a verme. Llámame y concertaremos una cita.

—Perdón, pero... —interviene Garrett, pasándome

un brazo por los hombros con aire posesivo—. ¿Quién es usted?

—Zaneta. —Extiende la mano—. Conozco a Teagan desde hace tiempo.

—¿De qué la conoce? —pregunta al tiempo que le estrecha la mano.

Ella ladea la cabeza mientras lo mira con gesto pensativo, y la larga melena le resbala por el hombro.

—Está a punto de pasarte algo importante, algo relacionado con tu trabajo. Tú también deberías venir a verme.

Siento un estremecimiento cuando hurga en el bolso Louis Vuitton que lleva colgado del hombro y saca una tarjeta de visita. Se la da a Garrett y me mira.

—Tengo muchas cosas que decirte, Teagan.

—¿Y no puedes decírmelas ahora? ¿Aunque sólo sea una pequeña parte?

Cuando Garrett levanta la cabeza de la tarjeta, hunde los dedos en mi cintura.

—Ahora vamos a seguir cada cual su camino, Zaneta. Y no la volveremos a ver. Nunca jamás.

—¡Garrett! —Lo miro y veo una furia helada.

Zaneta lo mira con una sonrisa tensa.

—Eres un escéptico. Lo entiendo, pero Teagan puede decirte lo útil que puedo llegar a ser.

—Mire, señora, si usted fuera capaz de ayudarme —le suelta con marcado desdén—, me habría enviado algún aviso hace quince meses. Lo que pienso es que no es más que una estafadora que se aprovecha de una mujer vulnerable, y eso me cabrea muchísimo; tanto, que me saca de mis casillas. Usted no querrá que la meta en ningún lío, se lo aseguro, así que, adelante, circule. Largo de aquí de una puta vez.

Zaneta frunce los labios y sus ojos azules se vuelven fríos y acerados. Me mira.

—Ya sabes dónde encontrarme, Teagan, y sabes que puedo ayudarte.

—No vuelva a acercarse a nosotros —la amenaza él.

Ella le enseña el dedo corazón por encima del hombro mientras cruza la calle. Me debato entre salir corriendo tras ella o quedarme aquí con Garrett. Es una locura, y lo sé, pero si tiene noticias...

—¡¿Una vidente?! —exclama Garrett entre dientes—. ¿Me tomas el pelo?

—No hagas eso. —Dejo caer los hombros—. No deberías haberle hablado así.

—Pero si es una timadora, por el amor de Dios...

—¿Y qué?

—«¿Y qué?» ¿Ésa es tu respuesta? ¿Dejas que vaya por ahí estafándote a saber cuánto dinero?

Doy unos golpes impacientes con el pie contra el bordillo.

—No me ha estafado ningún dinero. Y, además, puedo permitírmelo de todos modos.

—Joder, Teagan, que no se trata del dinero... Se trata de dejar que te exploten y se aprovechen de ti.

—¡Tú no eres quién para juzgarme! —Me revuelvo contra él—. Estoy harta de que los demás me juzguen.

Se cruza de brazos, en actitud defensiva y agresiva a la vez.

—No te estoy juzgando.

—Mentiroso.

—Ya basta —contesta—. Estoy enfadado con ella, no contigo.

Enderezo la espalda.

—Piensas que soy una idiota.

—Pienso que no eres una mujer que se deje engañar fácilmente —me corrige con firmeza—. Eres demasiado lista para que te timen de esa manera.

—¿Y qué? ¿Perdí la razón por un tiempo e hice una estupidez? ¿Es eso lo que estás diciendo?

Levanta los ojos hacia el cielo y un músculo de su mandíbula palpita de forma ostensible.

—Estás tergiversando mis palabras.

—No, estoy aclarando las cosas.

Giro sobre mis talones y me voy, sintiendo la imperiosa necesidad de alejarme de la muchedumbre, el barullo y los olores.

—¡Teagan! No te vayas.

Echo a andar a toda prisa, zigzagueando y escabulléndome entre la gente; por mi físico menudo me resulta más fácil que a Garrett avanzar a través de la multitud.

—¡Maldita sea, Teagan!

Oigo su voz desde lejos, pero sigo apretando el paso

de todos modos, impulsada por la adrenalina y la ira. Doblo la esquina hacia Western y me dirijo al aparcamiento. Garrett me atrapa por el codo antes de que llegue y tira de mí con fuerza para que lo mire a la cara.

¿Cómo narices puede resultarme tan increíblemente atractivo cuando está así de enojado conmigo, igual que yo con él?

—No huyas —me espeta, más enfadado aún que cuando hablaba con Zaneta—. Estábamos manteniendo una conversación; no puedes largarte así por las buenas mientras estamos discutiendo. No puedes largarte nunca, ¿entendido? Estamos hablando y aclarando las cosas, joder.

La gente pasa por nuestro lado y vuelve la cabeza para mirarnos.

—No estaba huyendo. —Disparo las palabras de una en una—. Te estaba ahorrando la vergüenza de echarte una bronca en público.

—Pero ¿por qué estás enfadada conmigo? Lo único que he hecho es preocuparme por ti.

—Ah, pero es que estás muy equivocado, Frost. Muy muy equivocado. Aquí la única persona que no ha metido la pata soy yo.

Frunce el ceño con furia.

—Será mejor que me lo expliques.

Lo miro con una sonrisa tensa.

—Estoy impaciente por hacerlo. Pero, primero, subamos al coche.

10

Garrett echa a andar, tirando de mí.

—Estás utilizando esto como excusa para irte de aquí, en lugar de quedarte y enfrentarte a tus miedos.

—Será mejor que no sigas hablando, en serio —le advierto.

Recorremos el resto del trayecto hacia el Range Rover en silencio. Garrett me abre la puerta y luego deja la bolsa casi llena en el suelo del asiento de atrás, a mi espalda. Me sumerjo en el breve silencio mientras rodea el vehículo hacia la puerta del conductor.

Se sube de un salto, arranca el motor, programa el navegador y me mira.

—Cuando estemos en la autopista —le digo.

Garrett pasa el brazo por el respaldo de mi asiento y mira por el cristal trasero mientras da marcha atrás.

—Estás poniendo a prueba mi paciencia, Teagan, de verdad.

Avanzamos por las calles de un solo sentido del centro, luego enfilamos las cuestas de las calles increíblemente empinadas, capaces de rivalizar con las de San Francisco, y al fin nos metemos en la autopista.

—¿Por qué no hablas con Roxy? —me pregunta en cuanto está en el carril de incorporación—. Es muy buena amiga tuya, ¿verdad? Sé que está preocupada por ti.

Mi espalda se pone tensa.

—¿Qué le has dicho?

—No le he dicho nada. —Me mira—. Se ha dado cuenta de todos los sistemas de seguridad que hay en tu casa, de lo estricta que eres cerrándolo todo con llave y echando el cerrojo. Sospecha que tal vez Kyler te maltrataba cuando se emborrachaba.

El nombre de mi exmarido se queda suspendido en el aire un momento, pesado.

Miro por la ventanilla, viendo desfilar la ciudad a mi lado, sin querer desperdiciar palabras hablando de él.

—¿Has vuelto a quedar con Roxy desde la cena en tu casa?

—No. Aunque nos saludamos de vez en cuando con la mano cuando nos vemos.

—Te está evitando —le suelto a bocajarro—. Si no lo estuviera haciendo, ya se habría pasado a verte al menos una vez. Eso es lo que suele hacer siempre. Además, estoy segura de que se muere de ganas de hacerte preguntas sobre tu trabajo; al fin y al cabo, ella también es una artista. Es muy raro que se aleje de esa manera.

—¿Qué quieres decir exactamente? ¿Que no le caigo bien?

—Roxy te adora... Pero pensar en David... —Entrecruzo las manos en el regazo—. Es incómodo para ella, estoy segura. Duelo, depresión, pena... La mayoría de la gente prefiere mantenerse lejos de esos sentimientos y de las personas afectadas por ellos, aunque haya una gran amistad de por medio.

—¿Estás diciendo que no debería habérselo contado? —Los nudillos se le ponen blancos al volante—. No puedo fingir que mi hijo no ha existido, Teagan. Eso sería como perderlo otra vez.

Suelto un suspiro.

—Lo que trato de decir es que sí, Roxy es muy amiga mía, una amiga buena y cariñosa, pero las personas evitan las situaciones incómodas, y no puedo permitirme perder a Roxy o a Mike.

—De modo que, en vez de hablar con ellos, hablas con una vidente... ¿Y por qué no acudes a un psicólogo? Alguien que pueda ayudarte de verdad.

—No tienes ni idea de cuántas veces me has hecho daño con tus palabras en esta última hora —le espeto en voz baja—. Ni de que estoy a punto de ponerme a chillar, esperando el momento en que vuelvas a hacerme daño otra vez.

—Teagan. —Garrett alarga el brazo y apoya la mano en mi rodilla. Su tacto es cálido y seco, y a pesar de que sólo pretende mostrarse tranquilizador, hace que una oleada de tensión sexual me recorra todo el cuerpo—. No es mi intención hacerte daño, nunca. Sinceramente, no tengo ni idea de qué es lo que está pasando por tu cabeza en este momento. Necesito que me lo cuentes.

—Dices que no me juzgas, pero sí lo haces.

—Eso no es...

—Déjame terminar. Podrías haber preguntado por qué fui a ver a Zaneta. Yo ya sabía que ella no tenía respuestas de verdad. Era perfectamente consciente de las veces en las que lo único que hacía era sonsacarme información, o cuando formulaba una predicción que no tenía nada que ver conmigo, o cuando se equivocaba de medio a medio. Pero no importaba, porque había días en los que no le veía ningún sentido a seguir viviendo, y esos días ella me daba falsas esperanzas, y a veces eso es mejor que no tener ninguna esperanza en absoluto.

Hinca los dedos en la piel de mi muslo.

—Está bien, lo entiendo. Yo...

—No, no lo entiendes. Simplemente has dado por sentado que debía de estar loca para ir a ver a alguien así, en lugar de pensar que había tomado esa decisión con plena conciencia de lo que hacía. Y has llegado a la conclusión de que estaba tirando el dinero sin darme cuenta. Pero lo que de verdad me duele es que, de entrada, pienses automáticamente que mi manera de hacer las cosas no es la correcta sólo porque tengo una forma distinta que tú de abordar los problemas.

Esta vez no trata de interrumpirme.

—El hecho de que me enfrente a mis problemas de

otro modo no significa que no esté abordándolos de forma «correcta».

Inspira hondo y luego exhala el aire precipitadamente.

—No me he dado cuenta de que estaba haciendo eso. Lo siento.

—Has sugerido que debería haber hablado con una amiga o con un psicólogo porque eso es lo que tiene sentido para ti, pero ¿sabes qué, Garrett?, ni una amiga ni un psicólogo podrían crearme una fantasía capaz de proporcionarme algo de consuelo, aunque sólo fuera de manera temporal. Yo le pagaba a Zaneta para eso, y en lo que a mí respecta, ella me lo proporcionaba a cambio de mi dinero.

La autopista se vuelve sinuosa y, de pronto, tras una curva, aparece la imagen cubierta de nieve del Mount Rainier, dominando el paisaje.

Garrett se queda sin aliento.

Yo también me siento impresionada por la enormidad de la montaña y por la paradoja de que pueda haber una bulliciosa metrópoli tan cerca de una formación geológica tan extraordinaria. Me maravilla que, la mayoría de las veces, el Mount Rainier se encuentre cubierto por jirones de niebla y nubes. Parece imposible que algo tan majestuoso, tan colosal, pueda esconderse a plena vista. Tal vez sea por eso por lo que siento tanta afinidad con él.

—Lo siento, Teagan. Tienes razón; yo estaba equivocado. —Me mira—. Pero lo que es aún más importante: he aprendido algo de esto. A partir de ahora voy a ser más consciente de cuáles son mis reacciones ante las cosas.

Acepto sus disculpas y me tomo un instante para admirar su perfil: la línea masculina de su mandíbula, la poderosa forma de su cuello... Luego miro hacia atrás, a la montaña.

—Si sigues hablando —continúa—, yo seguiré aprendiendo y seguiremos haciéndonos más fuertes.

Apoyo la mano sobre la suya, donde descansa en mi regazo, y se la aprieto.

Hacemos el resto del trayecto a casa en silencio, pero ya no es tan incómodo. Ahora Garrett tiene los dedos entrelazados con los míos, y su otra mano sujeta relajada el volante. Las gafas de aviador le protegen los ojos del sol, y lo miro a menudo.

Pienso en lo que ha dicho antes y disfruto de las majestuosas vistas de la montaña. Hay tramos del camino a casa en los que se ve perfectamente el Mount Rainier y es posible admirarlo en toda su perfección.

—Este sitio me encanta, de verdad —comento en voz alta—. Me parece que tiene una hermosura espectacular.

Me mira y esboza una leve sonrisa.

—Definitivamente, hay mucha belleza por aquí.

Tuerzo los labios en una mueca irónica.

—No es de tus mejores frases, Frost.

—Me estoy guardando mis mejores frases para más tarde. —Agita las cejas por encima de la montura de sus gafas de sol y me río en silencio por lo absurdo de su comentario.

Cuando llegamos a su casa, aparca el coche frente al garaje y luego se baja de un salto para abrirme la puerta.

—¿Llevamos esto a tu casa o a la mía?

—Me parece bien cualquiera de las dos opciones.

El brillo de antes reaparece en sus ojos.

—Yo tengo el sofá de terciopelo azul.

Mis labios se curvan en una sonrisa, a pesar de mi irritación persistente.

—A tu casa, entonces.

Regresa a la puerta del conductor, la abre y presiona un botón en el espejo retrovisor que a su vez abre la puerta del garaje. Me quedo asombrada al ver una multitud de aparatos de gimnasia: una bicicleta estática, una cinta para correr, un soporte para mancuernas y una variedad de máquinas de pesas llenan un espacio diseñado para tres coches.

Mientras cruzamos la puerta que conduce a la casa, le digo:

—Creo que voy a probar el gimnasio de Roxy.

—Puedes venir a hacer deporte aquí.

—Sólo de pensarlo, me siento intimidada.

Una vez dentro, me reúno con él en la isla de la cocina. Los armarios son de color blanco, a excepción de la isla, que tiene armarios negros y está cubierta con una encimera de granito negro con vetas grises. Las superficies están tan vacías que casi parece como si aquí no viviera nadie, pero hay una cafetera junto al fregadero y un taco de cuchillos de calidad profesional.

Luego, en otra parte de la encimera, veo la cesta de mimbre que le regalé y la barra de pan que sobresale de ella. Siento que se me enternece el corazón.

—¿Qué es lo que te intimida?, ¿las máquinas o yo? Puedo desaparecer mientras haces ejercicio, si lo que te intimida soy yo —me ofrece.

—La verdad es que las dos cosas. Aparte de que carezco de tu disciplina. Roxy dice que en su gimnasio hay clases reducidas y se basan en el ritmo cardíaco, por lo que siempre sabes si estás trabajando demasiado o no trabajas lo suficiente.

—Clases de entrenamiento a intervalos, ¿verdad? —Se vuelve para meter en la nevera parte de la comida que hemos comprado.

—Sí. ¿Quieres que prepare la tabla de embutidos? ¿Tienes hambre?

—Yo siempre tengo hambre. ¿Y tú?

—Sí.

Garrett se vuelve y coloca las cosas —mortadela y algo de queso— en la isla.

—¿Qué te parece si yo corto lo que haya que cortar y tú lo distribuyes en la tabla?

—De acuerdo.

Me sostiene la mirada.

—¿Y si te llevo yo al gimnasio y hago ejercicio contigo?

—¿De verdad? Pero si tienes todo este equipo aquí...

—No significa que no pueda disfrutar sudando contigo.

Sonrío.

—Está bien.

Se lava las manos en el fregadero.

—Los vasos están en el armario a la izquierda de la nevera. Hay zumo, agua y té helado. ¿O prefieres que te prepare algo caliente?

—Ya me sirvo yo, gracias.

Se dispone a cortar mientras me sirvo un vaso de té helado. Cuando empieza a desenvolver lo que hemos comprado, me doy cuenta de que hay mucho que hacer.

—¿Puedo ayudar? —pregunto.

—No hace falta. Ya me encargo yo.

—¿Quieres que vaya a buscar mi tabla para embutidos a mi casa?

—Ya tengo una.

—¿En serio?

Mira hacia arriba y me guiña un ojo.

—En serio.

—Me pregunto qué más tienes por aquí capaz de sorprenderme...

—Soy una caja de sorpresas, nena.

Saca un cuchillo de aspecto amenazador del taco de la encimera y empieza a cortar un trozo de salami.

Y admito que tiene razón: lleva sorprendiéndome desde el día en que apareció.

—¿Te importa que eche un vistazo por la casa?

—Yo no te pedí permiso cuando fui a la tuya.

—Ya, pero yo tengo mejores modales.

Sonríe.

—Tú misma. Guardo los calzoncillos en el cajón superior de la derecha, por si quieres llevarte un par y colocarlos debajo de tu almohada.

—¿De dónde sacas esas ideas, Frost?

Me dirijo hacia el pasillo.

—Teagan.

El tono solemne de su voz hace que me vuelva y lo mire por encima del hombro.

—¿Sí?

Garrett suelta el cuchillo con gesto grave.

—Hay fotos de familia en mi estudio. Cerré la puerta antes de que vinieras, pero puedes entrar, si quieres. Es la única puerta que está cerrada.

Asimilo sus palabras y luego asiento despacio.

—Gracias.

Acierta a esbozar una sonrisa sombría y luego vuelve a ponerse manos a la obra.

Me dirijo hacia el pasillo. La primera puerta por la que paso, el antiguo cuarto de invitados de Les y Marge, ahora parece ser el dormitorio de Garrett. Inspiro profundamente, inhalando su olor. Esta puerta estaba cerrada la noche que nos invitó a cenar, y entonces ya me pregunté qué habitación sería.

Una enorme cama con armazón de madera cubierta

con sábanas y un edredón gris domina la estancia. Hay una cómoda frente a los pies de la cama, y una mesilla de noche cerca de la puerta. Los muebles, de madera natural, no llevan herrajes, sino que exhiben un diseño limpio y moderno, y la gigantesca ventana no está tapada por cortinas o revestimientos de ninguna clase, lo que permite unas vistas completas de todo el Puget Sound.

En la pared cuelga uno de sus cuadros; en esta ocasión, una mezcla brumosa de tonalidades carmesí que evoca vagamente las líneas del cuerpo desnudo de una mujer. Es más pequeño que el cuadro de la sala de estar y, a diferencia de aquél, éste es muy sensual. Siento que me ruborizo con sólo mirarlo. Me vuelvo y veo sus zapatillas de deporte en un rincón. En la parte superior de la cómoda hay un plato de color negro brillante con un solo anillo: una alianza de oro.

Me duele el corazón cuando salgo del dormitorio, los ecos del amor perdido resonando en lo más hondo.

La siguiente puerta es la del baño de invitados, y es evidente que Garrett lo usa como su baño personal. La noche de la cena no había nada allí, pero ahora, dentro de la ducha acristalada, está su maquinilla de afeitar y otros artículos de aseo. Hace tiempo que siento verdadera devoción por el lavamanos y la ducha de mármol Calacatta del baño, así como por los grifos y los accesorios con acabados de bronce, que aportan calidez al espacio, pero creo que ahora me gustan más incluso, al ver todos sus artículos personales distribuidos a su alrededor.

Tampoco puedo evitar imaginármelo dentro de esa enorme ducha, toda esa piel con ese bronceado tan intenso, poblada de tatuajes, con esos músculos marcados, ese pene tan impresionante...

Me aclaro la garganta, apago la luz rápidamente y regreso al pasillo.

La siguiente puerta está cerrada. Me detengo frente a ella, dudando de lo acertado de abrirla y asomarme dentro. No estoy segura de querer ver al hombre que era antes, cuando todavía estoy empezando a conocer al hombre que es ahora. Temo compararlos a los dos, y eso podría quebrar de algún modo el frágil vínculo que se está formando entre nosotros.

Pese a eso, envuelvo con los dedos la manija de la puerta. La sujeto el tiempo suficiente para que el latón niquelado empiece a calentarse. Luego oigo un ruido suave y, al mirar al pasillo, veo a Garrett apoyado en la pared, observándome. Nos sostenemos la mirada fijamente durante largo rato. La expresión de su rostro es indescifrable. Si cuando sonríe es adorable, ahora está verdaderamente guapo, tan callado y serio.

Dejo caer la mano al costado. Me parece verlo suspirar, pero podrían ser imaginaciones mías.

—¿Puedo ir arriba? —pregunto.

—Por supuesto.

Giro a la izquierda para subir la escalera, sabiendo que toda la planta superior está integrada por el dormitorio principal, a pesar de que nunca he llegado a verlo.

La escalera dibuja una curva y la luz inunda el camino que se abre ante mí. Percibo el movimiento de una corriente de aire, trayendo consigo el olor a pintura fresca. Hay un pequeño descansillo en la parte superior, pero está vacío. En línea recta, las dos puertas de entrada a la habitación están abiertas de par en par, mostrando unas vistas del Sound muy parecidas a las de mi sala de estar, en el mismo nivel que la segunda planta de su casa.

Es obvio que el dormitorio principal es su taller y que no lo utiliza para nada más. Hay una pequeña nevera en la esquina, con un microondas encima que, a su vez, está coronado por un hornillo eléctrico y una tetera. El suelo de madera está completamente cubierto por telas y lienzos, debajo de los cuales se ven hojas de papel de periódico pegadas de pared a pared. Hay escaleras de aluminio de distintas alturas desplegadas o apoyadas en las paredes en medio de latas de pintura distribuidas por todas partes. Hay pinceles de todas las formas y tamaños, algunos sin estrenar y otros puestos a secar en una mesa de trabajo industrial después de quedar limpios.

Echo un vistazo rápido al gigantesco baño y veo un lavabo doble con docenas de tarros con más pinceles dentro.

Evito adrede echar un vistazo al cuadro en el que está trabajando Garrett hasta que no tengo más remedio que hacerlo, cuando ya no hay nada más que mirar. Cuando al fin centro mi atención en él, no puedo hacer otra cosa más que dejar escapar un grito ahogado.

11

—¿Te gusta?

Hipnotizada por la belleza violenta del cuadro, no me vuelvo al oír el sonido de la voz de Garrett. Aunque sigue siendo una pieza abstracta, está muy alejada en el tono y el estilo de sus otros cuadros.

—Es... No tengo palabras. *Precioso* sería quedarse muy corto. Parece como si se estuviera moviendo...

Y es como el abismo en el que he estado sumida tanto tiempo durante todo este año pasado. Es como si Garrett se hubiera asomado al interior de mi cabeza y le hubiera dado vida visual.

El lienzo gigante se eleva hacia el alto techo en pendiente y está cubierto de diferentes tonos de blanco, gris y negro, desde la niebla más clara hasta el ébano más oscuro. Las pinceladas y los cambios de color crean la impresión de estar ante un remolino y un torbellino a la vez, con la luminiscencia de la luz en el agua y los contornos desdibujados de un tornado azotado por la lluvia. En el ojo de la tormenta, una sinuosa franja de color blanco resplandeciente resalta la vorágine, deslizándose hacia arriba, estrechándose en la parte inferior y ensanchándose en la superior. Un ribete rosa pálido bordea el blanco a medida que aumenta de tamaño, creando un punto de serenidad y belleza en medio de la tempestad.

—Es precioso, Garrett. Es... Me llega al alma.

Alargo el brazo y sigo el trazo de la franja de color blanco rosado sin tocar directamente el lienzo.

—Esa luz en la oscuridad eres tú —afirma en voz baja, acercándose por detrás y envolviéndome la cintura con los brazos—. El resto soy yo.

Las lágrimas me escuecen en los ojos. Provista con esa información, veo que la tormenta furiosa no es tanto una expresión de rabia como de dolor. La hondura de su angustia me duele profundamente. Pensar que ha estado trabajando en esto durante los últimos días, poniendo su alma en cada pincelada, me llena de tristeza.

Me recuesto en él, sintiendo su calor a mi espalda y su fuerza apoyándome.

—Yo siento lo mismo —le confieso en voz baja—, a la inversa.

Sus labios se curvan en una sonrisa sobre la piel desnuda de mi hombro antes de depositar allí un beso.

—Eso era justo lo que pretendía —bromea.

Y de ese modo la tristeza se disipa. Ésa es su magia. Me asombra pensar que yo también podría ejercer ese mismo poder sobre él.

Mete las manos por debajo de mi top y las desliza por mi vientre.

—Quiero comprarlo —digo de golpe, incapaz de concebir que lo tenga otra persona.

—No está en venta.

—¡Garrett!

—Lo siento, doctora, pero no todo lo que hago es para ponerlo al alcance del público. Hay cosas que hago sólo para mí, pero siempre puedes venir a admirarlo.

Hago un mohín de enfado. Siento un cosquilleo que me recorre la piel cuando desliza rítmicamente los dedos por la curva inferior de mis senos. Mis pezones se han endurecido hasta convertirse en sendas puntas de acero, pidiendo a gritos que unas manos los toquen. O que unos labios los succionen.

Su boca me roza la oreja.

—Se me ha puesto igual de dura que a ti los pezones.

Suelto el aire con aliento trémulo.

Las manos de Garrett se cierran al fin alrededor de mis pechos, envuelve con el pulgar y el índice las doloridas puntas y las retuerce delicadamente.

Echo la cabeza hacia atrás, sobre su hombro, y un gemido leve inunda el aire entre nosotros. Noto su erección alojada entre mis nalgas.

—¿Estás lista para lo que viene a continuación? —pregunta con voz ronca.

Me vuelvo y lo miro a la cara; tiene los ojos oscuros y las mejillas sonrosadas. Separa los labios y desliza la punta de la lengua por la orilla. Son tantos los rasgos de su rostro que adoro...

—Sí —respondo sin dudarlo.

—Entonces, ven.

Me tiende la mano y me lleva de vuelta abajo.

Estoy inexplicablemente nerviosa, con la respiración demasiado agitada.

—¿No deberíamos guardar la comida?

—Ya lo he hecho.

—Entonces ¿esto de ahora era inevitable?

—Cuando se trata de ti, soy un optimista, Teagan. —Entramos en su habitación y se me acelera el pulso. Me mira a la cara—. Te necesito más que a nada en el mundo. Incluso dejaría de pintar por ti, si hiciera falta.

Una oleada de perplejidad sustituye mi nerviosismo.

—Yo nunca te pediría que hicieras eso.

—Espero que no lo hagas, pero sin ti, ya no pintaba, y no creo que pudiera hacerlo si te perdiese, así que... —Se quita la camisa por la cabeza y la arroja a un lado—. Si algún día tengo que elegir entre la pintura y tú, te elijo a ti.

Se sienta al borde de la cama y se inclina para desatarse los cordones de las botas como si tal cosa, como si no acabase de pronunciar en voz alta unas palabras tan cargadas de afecto y compromiso que cambiarán nuestras vidas para siempre. Estoy conmocionada, cada vez más consciente de que lo que va a suceder a continuación se ha convertido en algo mucho más importante que un mero «siguiente paso». Y me parece bien. Más que bien. Y sin embargo...

Señalo el cuadro de la pared.

—No sé si puedo darte lo que inspiró eso.

Él ni siquiera lo mira, sino que sigue con la mirada fija en mí.

—No estoy buscando lo que tenía antes. Estoy demasiado ocupado queriendo lo que tengo aquí delante de mí ahora mismo.

Me quito las Converse y alargo la mano hacia los calcetines.

—Sólo los calcetines y los zapatos —me dice—. Yo me encargaré del resto.

—Entonces, yo te quito a ti los pantalones. Y los calzoncillos.

Esboza una sonrisa hambrienta.

—De acuerdo.

La otra bota golpea contra el suelo y va a parar a la esquina, con la primera. Sus calcetines vienen a continuación. Los dobla y luego los tira también. Todo el proceso resulta erótico en cierto modo: las hermosas y definidas líneas de su espalda cuando se agacha, la forma en que se flexionan mientras se endereza, el movimiento articulado de sus bíceps.

—Estás muy bueno —le digo—. Y eres muy muy sexy.

Garrett se pone de pie y me contempla.

—Me alegra oír que matarme a base de ejercicio para impresionarte ha tenido su recompensa.

—Oh, Dios... Ni siquiera...

—No es mentira. —Me agarra la cintura con las manos—. Lo he intentado todo para jugar con ventaja y seducirte.

—Lo que me sitúa a mí en una posición de desventaja total —susurro.

Sus manos me agarran el dobladillo del top y tiran suavemente hacia arriba.

—Vamos a igualar las cosas un poco.

Respirando profundamente, estiro los brazos por encima de la cabeza. El top se desliza hacia arriba y me tapa los ojos un instante, lo que me hace más consciente aún del cambio en su respiración.

Cuando vuelvo a verle el rostro, tiene los ojos de un dorado brillante.

—Ahora soy yo el que se ha quedado sin palabras —dice sin resuello.

Busco la bragueta de sus vaqueros con dedos temblorosos y trato de soltar el botón. Percibo su erección dura y gruesa por debajo de la tela, apretando mis nudillos.

—Yo también estoy nervioso —me dice.

Niego con la cabeza, pues no me creo semejante afirmación, y tras lograr que el botón pase a través del ojal, agarro el cierre de la cremallera con dedos trémulos. Al deslizarla hacia abajo, deja al descubierto un bóxer y un prominente bulto que tira de la tela negra.

Garrett me levanta, se sienta en el borde de la cama y luego me coloca en su regazo para que me siente a horcajadas sobre sus caderas. Noto su pecho caliente sobre mis senos desnudos, y la fina capa de vello me produce cosquillas en los pezones. Huele maravillosamente bien, un leve aroma a almizcle cítrico que resulta refrescante y estimulante a la vez.

—No es justo —protesto—. Teníamos un trato.

—Lo sé, y ya llegaremos a eso, lo prometo, pero ahora mismo estoy demasiado excitado y no quiero ir demasiado rápido.

Hago un mohín de enfado y él sonríe. A continuación, me agarra de la nuca, atrayéndome hacia sí para besarme. Empieza despacio, tanteándome con acometidas burlonas con la lengua entre mis labios.

Su boca... Dios, es absolutamente gloriosa. Me sujeta mientras me devora con un beso hábil y posesivo. Desplazo las manos hacia arriba por su pecho y por los hombros, masajeando los músculos duros, acariciando la piel firme. Siento un hormigueo en las palmas por el contacto, haciendo que una descarga eléctrica me recorra los brazos.

Pronuncio su nombre entre gemidos. Aprieto y retuerzo las caderas contra él, persiguiendo desesperadamente la fricción.

Garrett se dobla sobre la cintura, sujetándome mientras me deposita en la cama. Trato de envolver las piernas alrededor de sus caderas, pero él se escurre, sin dejar de abrasar mi pezón en carne viva con sus labios en llamas.

Suelto un jadeo y arqueo la espalda. Me retiene con firmeza colocando el antebrazo sobre mi pecho. Succiona rítmicamente en el punto más sensible, golpeteando con la lengua el pezón erecto con perversa precisión. Siento la parte baja del vientre tensarse con avidez mientras mi clítoris palpita de celos.

Hinco los talones en el colchón, con la respiración jadeante.

—Garrett, por favor...

Traslada la boca al otro pecho, succionando con firme y ardiente determinación. Retiene en su mano el pecho que abandonaron sus labios, apretándolo con delicadeza, rozando el pezón humedecido con el pulgar.

Levantando las caderas, me restriego contra el borde de sus abdominales, gimiendo cuando la presión erótica hace que mi bajo vientre se contraiga como un puño. Desplaza los labios entre mis pechos, dibujando con la lengua una línea que baja de mi estómago hasta mi ombligo. Lo rodea con la lengua, se sumerge en él y luego continúa hacia abajo.

Estoy segura de que, si no para ahora mismo, voy a arder en llamas. Quiero decirle que aminore el ritmo, que me deje recobrar el aliento y recuperar el control. Pero no acierto a articular las palabras y la idea muere en mi garganta.

Alcanzo sus hombros, pero él se levanta y abre el botón de mis shorts antes de arrancármelos de un solo movimiento.

Cuando mis nalgas desnudas tocan el edredón, me doy cuenta de que me ha desvestido por completo. Ahora no hay nada que le impida avanzar, y lo demuestra deslizando las manos por detrás de mis rodillas y empujándome los muslos hacia el pecho. Se zambulle entre mis piernas con un gemido que me recorre el cuerpo en una oleada que me pone la carne de gallina.

Grito cuando hunde la lengua entre los pliegues de mi hendidura, buscando mi clítoris con la punta y acariciándolo con ella. Suave y sin vello, esa parte más sensible de mi epidermis carece de cualquier capa que amortigüe los embates de su lengua. Dejo escapar un gemido, estremeciéndome suavemente cuando su lengua revolotea sobre la tierna abertura de mi sexo.

Arqueo el cuello y cierro los ojos con fuerza. Mis muslos se abren. Hinco los dedos en su pelo, sintiendo calor húmedo en las raíces.

Garrett me agarra la parte posterior de los muslos, manteniéndome abierta a la avidez de su boca. Rodea mi clítoris con los labios, formando un tenso círculo por el que empieza a chupar. Dejo escapar un grito prolongado, sin aliento, y el sudor aflora a los poros de mi piel en una película de calor abrasador. Las succiones, burlonas, hacen que mi bajo vientre se contraiga con una urgencia rítmica, ansioso por sentirse lleno y saturado.

Desliza las manos hacia abajo, hasta que sus pulgares acarician los labios de mi hendidura. Me abre, exponiéndome por completo. Cuando levanta la cabeza para mirarme, me tapo la cara con las manos.

—Me muero de ganas de estar dentro de ti —dice con la voz ronca e impregnada de lujuria. Empuja con el pulgar a través de la piel más sensible y suelta un gemido cuando tenso irremediablemente los músculos alrededor de la penetración superficial—. Estás muy prieta y húmeda.

Tragando saliva, le toco la mejilla.

—Ahora. Hazlo ahora.

Retira el dedo y se lame la yema del pulgar, degustándome.

—Te voy a follar con la lengua primero —gruñe—. Estás tan increíblemente dulce que podría estar comiéndote horas y horas.

Hago un sonido de protesta, alargando el brazo en su dirección, pero tiene el pelo demasiado corto para tirar de él. No puedo más que limitarme a observar a Garrett bajar la cabeza oscura, humedeciéndose los labios con la lengua antes de volver a adentrarse con la boca en mi interior. Una acometida lenta y exasperante a través de mi hendidura y luego su lengua experta ya está empujando dentro de mí, atormentándome con despiadada precisión.

Arqueo la espalda, levantándola de la cama, con todo el cuerpo arrebatado por agudos espasmos de placer. Todo el núcleo de mi pelvis se contrae con un ansia insoportable, deseando recibir todo lo que tiene que darme. Más duro, más fuerte. El calor de sus manos me cubre los senos, apretando la carne hinchada, haciendo que el deseo me electrice todo el cuerpo. Hunde la lengua una y otra vez, atormentándome con la promesa de más acometidas y más intensas.

—Garrett, por favor...

No me importa implorarle. No puedo quedarme quieta. Siento como si estuviera fuera de mí misma, entregada por completo a un hambre animal que me hace imposible sentir vergüenza o pudor.

Tira de mis pezones con el suave pellizco de sus dedos; luego desliza las manos extendidas sobre mi vientre y me palpa el clítoris con los pulgares, presionando y trazando círculos. El orgasmo reverbera por todo mi cuerpo, desgarrándolo, tensándome toda la espina dorsal mientras mi sexo se contrae en espasmos continuos alrededor de su lengua. Garrett gime a mi lado cuando me corro para él, y la vibración del sonido impulsa una segunda oleada de éxtasis. Sujetándome de las caderas, me levanta, comiéndome el coño con generosos y voraces lametones.

Veo unas manchas negras ante mis ojos. Respiro hondo justo antes de arquear de nuevo el cuerpo violentamente, abocada a otro orgasmo por la succión ávida y húmeda de mi clítoris hipersensible.

Es demasiado; ya no puedo soportarlo. He estado adormecida mucho tiempo. El cúmulo de sensaciones es dolorosamente agudo. Siento el corazón latiendo desbocado en el tórax, los pulmones ardiendo por la necesidad de aire, y es como si un millón de agujas se me clavaran a la vez en la piel.

—Para —digo entre jadeos, apretándome el pelo con los puños—. Dios, por favor, para...

Garrett me deja en la cama y se aparta, con el eco de su agitada respiración retumbando en el silencio circundante. El sudor me resbala por la garganta y entre los pechos. Permanezco tumbada con las piernas abiertas, jadeando, con el sexo palpitante aún. Hago uso de todas mis fuerzas para encogerme en un ovillo en la cama. He estado negándome a mí misma el placer durante tanto tiempo... Una prohibición que Garrett ha hecho añicos con una determinación despiadada y apasionada.

Se desliza los vaqueros y los calzoncillos por las largas y poderosas piernas, apartándolos luego a un lado de una patada. Cuando dirijo la mirada entre sus muslos, dejo escapar un gemido suave. La tiene totalmente dura y está del todo listo. Su pene traza una curva desde la base hasta el ancho glande, que le alcanza el ombligo. Una gota espesa de líquido preseminal resbala por el costado de su mástil enhiesto, siguiendo la línea de una vena gruesa y prominente.

Abre el cajón de la mesilla, saca un condón y se lo pone. Ladea la mandíbula con expresión decidida, su mirada febril. Está a punto de estallar, a punto de dejarse ir.

Con todo el cuerpo hipersensibilizado, ruedo sobre

mi estómago y me arrastro hacia el otro lado de la cama, con el pelo desparramado y salvaje a mi alrededor. Noto hundirse el colchón bajo su peso y luego envuelve la mano alrededor de mi tobillo, reteniéndome. Tenso el cuerpo, temiendo no sobrevivir a su lujuria desatada. A continuación, agacho la cabeza y todo mi cuerpo cede, ablandándose a modo de súplica. Ese simple roce, el pequeño contacto entre mi piel y la palma de su mano, basta para calmarme.

Doblo los codos, acercando el pecho y los hombros hacia el edredón, con el culo en pompa. Garrett me desliza la mano por el muslo hasta la cadera mientras, con la otra, me sujeta por la cintura.

—¿Estás bien? —pregunta con esa voz de bar de jazz que es pura seducción en sí misma.

Asiento, cerrando los ojos. Separo un poco más las rodillas.

Presiona los labios contra la parte baja de mi espalda; a continuación, sus manos me agarran la parte delantera de los muslos por encima de las rodillas y empujan para extenderme las piernas encima de la cama. Se tumba a mi lado, pasando un pesado brazo sobre mi espalda, y con una pierna encima de las mías. Pega la mejilla caliente y húmeda a mi hombro. Su miembro se hinca en mi cadera, ansioso e insistente.

Me abraza así durante largo rato, con el pecho agitado y el cuerpo tembloroso.

—¿Garrett? —pregunto confusa.

—No hay ninguna obligación, Teagan —dice con voz ronca—. Puedo esperar.

—¿Qué? —Me muevo el espacio suficiente para volver la cabeza hacia él. Nos tumbamos cara a cara. El color dorado se ha desvanecido de sus iris—. Estoy lista. Sólo necesitaba un minuto.

La ausencia de luz en sus ojos embarga de desolación su mirada.

—No puedo arriesgarme a estropear esto que tenemos. Pese a lo mucho que te deseo, no vale la pena si eso significa perderte.

Le toco la cara, acariciándole la frente con los dedos.

—Garrett, te deseo. De verdad. Simplemente era demasiado, ya lo sabes. Tú eres demasiado. Necesitaba un momento para recobrar la calma.

Cuando no se mueve ni habla, me vuelvo para acostarme de lado. Aparta la pierna para liberarme de su peso, pero yo lo sigo, ensartando la rodilla sobre su cintura y tirando de ella, acercando nuestras caderas.

Me mira con recelo, con todo el cuerpo tenso por la necesidad de entrar en acción. Cada recoveco y cada hendidura de su torso relucen de sudor. Su pene permanece orgullosamente tieso, desafiante y erecto entre nosotros.

Lo deseo. Ahora mismo.

—Una vez me dijiste que podía hacerlo —le recuerdo— si podías mirarme mientras lo hacía.

Permanece inmóvil salvo por el agitado movimiento

de su pecho. Luego los músculos tensos de su torso se relajan visiblemente y la desolación de sus ojos se atenúa hasta convertirse en una mezcla de ternura y esperanza.

A continuación, alarga el brazo hacia mis piernas entreabiertas y desliza los dedos con delicadeza en el interior de mi húmeda hendidura.

Un estremecimiento me recorre todo el cuerpo.

—Estoy demasiado sensible —susurro.

—Sólo necesito saber que estás lista.

—Nunca he estado tan lista.

Garrett esboza una sonrisa tensa y retira la mano para alojarla en mi cadera. La sonrisa desaparece en cuanto tomo su miembro en mi mano, acariciándolo desde la base hasta la punta con el círculo que trazan mis dedos.

Un gemido grave retumba en su pecho.

—Teagan —jadea—. No puedo...

Me acerco un poco más, estirando el brazo que hay entre nosotros sobre mi cabeza para apoyar en él la mejilla. Él hace lo mismo, entrelazando los dedos con los míos. Con mi otra mano aparto de su abdomen la extensión rígida de su pene, colocándolo en posición para que me llene. A pesar de su advertencia, acaricio la punta de su miembro con los bordes de mi hendidura, con los ojos entornados de placer embriagador.

Él echa la cabeza hacia atrás, apretando la mandíbula. Sus piernas musculosas tiemblan. La fuerza con que me aprieta la mano me resulta dolorosa, pero no me quejo.

Inserto la ancha punta de su miembro en la abertura que hasta hace unos minutos estaba devorando con la lengua y empujo las caderas hacia delante. Cuando el amplio glande se abre paso a través de mis tejidos sensibles e inflamados, la intensa sensación me propaga una sobrecogedora oleada de calor por las venas. Balanceo las caderas, acomodando la enorme verga cada vez más adentro. Embriagada por sentirlo así, en mi interior, por su inmovilidad absoluta mientras hago uso de su cuerpo, le recorro el pecho con la mano hasta encontrar y tantear los discos planos de sus pezones. Retuerzo las caderas, moviendo el cuerpo en una danza sinuosa, deslizando mi sexo dentro y fuera de su miembro duro, tomando más y más con cada envite de mis caderas.

El ruido brusco de una tela al desgarrarse me sobresalta. Garrett tiene su otra mano detrás de él, sujetando el edredón. El sudor le resbala por el torso, acumulándose en su ombligo. Oigo cómo rechinan sus dientes mientras mi sexo palpita a su alrededor. Estoy increíblemente excitada por la forma en que me mira, feroz, prometiendo retribuirme de igual modo la tortura sensual que le estoy infligiendo ahora. Se está retorciendo literalmente por la necesidad de asumir el control, pero resiste de momento, me espera.

Mordiéndome el labio inferior, le sostengo la mirada. Quiero decirle tantas cosas... Quiero compartir con él cómo me siento, lo agradecida que estoy de que haya llamado a mi puerta. Pero ahora no es el momento, y tengo la garganta demasiado agarrotada para hablar.

Así que me limito a asentir con la cabeza.

Con un gruñido, Garrett desliza el brazo alrededor de mi espalda y hace girar el cuerpo, arrastrándome debajo de él con un cómodo y ágil movimiento. Planta la mano con que sujeta la mía en la cama y me agarra una nalga con la otra para colocarme en el ángulo preciso, como él quiere. Hinca las rodillas. Se libera retirándose con habilidad líquida y, acto seguido, empuja con fuerza, penetrándome hasta el fondo. Dejo escapar un grito, arqueando la espalda.

Con la cabeza ladeada, empieza a jadear, moviendo las caderas con gesto implacable, hundiendo el miembro cada vez más adentro.

—Lo siento.

Le atenazo las caderas con los muslos.

—No lo sientas tanto y fóllame.

Nos miramos a los ojos y el dorado asoma a través del verde. Se retira hacia atrás y luego vuelve a arremeter con una nueva y profunda acometida, más suave esta vez, más precisa. Mi sexo se tensa de puro gusto, mientras las delicadas terminaciones nerviosas reverberan de placer. Su cuerpo se calienta instantáneamente, y su piel arde en llamas al entrar en contacto con la mía. El olor de su piel se intensifica, despertando un instinto primario y posesivo dentro de mí.

Garrett se mueve sin dejar de mirarme, sacudiendo

las caderas mientras se hunde en mi interior. No puedo hacer otra cosa más que retorcerme sin cesar, por la forma en que me llena, la poderosa sensación sensual de plenitud. Las gotas de su sudor me caen sobre el pecho.

—Cómo me gusta estar dentro de ti... —Su voz está impregnada de placer—. Me aprietas con tanta fuerza...

Me humedezco los labios resecos.

—Más rápido. Más fuerte.

—Quiero que dure.

Retrocede, empuja. Se retira y vuelve a hundirse una vez más. Bombea rítmicamente, con entrega y sin prisa, avivando el fuego en mi sangre.

Apretando las piernas alrededor de sus caderas, lo espoleo aún más, levantándome para acudir al encuentro de sus pausadas embestidas. La tensión se acrecienta, acumulándose en mi sexo mientras bascula sobre su verga. Maldice entre dientes, acelerando el ritmo.

Arqueo el cuello. Ya no soy capaz de formular ningún pensamiento racional, todo mi ser está centrado en las acometidas húmedas y calientes de su miembro entre mis muslos.

—Hasta el fondo..., Garrett. La tienes tan dura y tan grande... Haz que me corra.

Y en ese momento ya no puede más, y coloca las manos bajo mis omóplatos para sujetarme mientras empieza a follarme con embestidas suaves y poderosas. Llego al orgasmo antes de poder respirar siquiera, y la presión acumulada en mi pelvis se libera toda de una vez. Gimiendo, Garrett sigue embistiendo a través de la oleada de réplicas de mi orgasmo, su cuerpo temblando mientras alcanza el clímax él también.

Clavo las uñas en su cintura y me arranca unos gritos ásperos de mi garganta reseca. Moviendo aún las caderas, me atrae con fuerza hacia sí, con cuidado de sostener el peso de su cuerpo en sus antebrazos. Lo abrazo, sembrando un reguero de besos por su mejilla.

Pruebo el gusto a sal de su sudor. Luego presiona su mejilla contra la mía y me doy cuenta de que son lágrimas.

12

—Vaya forma de comer tan elegante... —bromeo, sentados desnudos los dos con las piernas cruzadas en el sofá de terciopelo azul, envueltos en mantas y comiéndonos con las manos una tabla de embutidos y quesos que hemos preparado a toda prisa.

—Me muero de hambre —murmura con la boca llena con un trozo de queso, devorándolo enseguida.

Está demasiado guapo para expresarlo con palabras, con el pelo corto hecho un adorable desastre. Alcanza una loncha de jamón y la manta se le resbala de los anchos hombros para acomodarse en su regazo. Su torso desnudo es toda una obra de arte.

A su espalda, el cielo es un arcoíris de tonos arrebolados y naranjas, y el sol todavía sigue hundiéndose pausadamente en el horizonte. Me dan ganas de sacar una foto de él así. Quiero inmortalizar este instante para siempre.

—Podemos pedir que nos traigan comida para llevar —sugiero.

Se limpia la boca con el dorso de la mano y yergue la espalda.

—¿Quieres algo más? Puedo ponerme a cocinar.

—No, estoy bien.

—Puedo preparar unos espaguetis a la boloñesa. O unos *ramen*, los auténticos, no esa mierda que venden empaquetada. También puedo preparar un desayuno. Huevos, beicon, *pancakes*...

Sonrío.

—Con esto ya tengo bastante, de verdad.

Me estudia detenidamente.

—¿Estás segura?

—Yo misma escogí todo esto, ¿no? —Señalo la tabla y luego enrollo una loncha de mortadela con pistachos y me la como—. Sólo he sugerido lo de la comida para llevar porque me preocupa que esto no sea suficiente para ti.

Sé que mantener ese cuerpo escultural requiere mucho combustible.

Me sonríe.

—Te preocupas por mí, doctora. Me gusta. Me gusta mucho.

Tomo un pedazo de *soppressata* picante y lo introduzco entre una rodaja doblada de provolone.

—¿Dónde está tu cámara?

—En mi estudio. ¿Por qué?

La mención de su estudio, que me trae a la mente las fotos que hay en él, me hace tensar la espalda. Niego con la cabeza.

—No importa.

—¿Por qué lo preguntas?

—Sólo quería sacarte una foto en este momento, tal como estás ahora. Una buena, no con mi teléfono.

Porque este momento que estamos compartiendo es algo ajeno a la realidad, un instante mágico en el que sólo vemos lo mejor el uno del otro y no reconocemos nada negativo. Quiero capturar una pequeña parte de esta breve luna de miel mientras pueda. Porque sé que vendrán los malos tiempos y, por mucho que espere lo mejor, me temo lo peor.

Garrett me lanza una mirada de ponderación por debajo de esas pestañas increíblemente gruesas.

—¿Quieres que vaya a buscarla?

Niego con la cabeza y estiro las piernas para levantarme.

—No, quédate así. Si te levantas, estropearás la foto.

Alza la vista para seguirme mientras me pongo de pie.

—¿Vas a ir a buscarla?

Miro hacia el pasillo, pensando, ciñendo la manta con más fuerza alrededor de mi cuerpo. Han cambiado muchas cosas a lo largo del día. Yo he cambiado. Los dos hemos cambiado. Pero algunas cosas siguen siendo igual que antes.

—Es una foto un poco complicada, de todos modos —murmura masticando un bocado de salami—. Estoy a contraluz.

Entiendo que me está ofreciendo una salida. Sin embargo, un hombre que se gana la vida con la fotografía debe de tener una cámara capaz de hacer que cualquier foto salga bien, aunque no sea con la iluminación idónea. Lo miro.

—¿Quieres que vaya a buscarla?

Lamiéndose los dedos, Garrett me mira fijamente.

—Quiero que pases aquí la noche. No tengo nada más ambicioso en la agenda.

Asimilo sus palabras y asiento con la cabeza.

—Está bien.

Me dirijo descalza hasta la consola junto a la puerta principal y recojo mi teléfono. De vuelta al sofá, abro la aplicación de mi cámara, deslizo el dedo hacia la configuración para ajustar la luz y tomo la foto.

—¿Y bien? —pregunta metiéndose una aceituna en la boca.

Vuelvo la pantalla para enseñársela, sonriendo.

Levanta las cejas.

—No está mal.

—No está tan bien como la versión de carne y hueso, pero tendrá que servir.

Inclinándose hacia delante, me ofrece su boca.

—La versión de carne y hueso está aquí mismo, nena —susurra—. Y no pienso irme a ninguna parte.

Cuando salgo de la ducha, me siento un poco traviesa al ponerme la misma ropa que llevaba el día anterior.

Me miro en el espejo mientras me recojo el pelo húmedo en un moño. Tengo los labios hinchados y rojos, y sombras oscuras bajo los ojos. Siento un dolor sordo de puro agotamiento en todo el cuerpo, y otras molestias de naturaleza más íntima. No son ni las nueve de la mañana y ya estoy pensando en echarme una siesta. Garrett, en cambio, está listo para ponerse a trabajar.

—Aquí tienes —dice asomando a la puerta del baño y ofreciéndome una taza humeante de café.

Va vestido con unos vaqueros gastados y manchados con salpicaduras de pintura. El mejor adjetivo para describirlo ahora mismo es *desaliñado*, un *look* que le sienta genial, por supuesto.

—Gracias.

Por el aspecto y el olor del café, sé que lo ha preparado tal como a mí me gusta. Tomando un sorbo, dejo escapar un leve gemido de placer.

Garrett me mira fijamente.

—No puedes hacer ese ruido cuando estás conmigo.

Esbozo un amago de sonrisa.

—¿Por qué no?

—Ya sabes por qué no. Ahora mismo tengo la polla tan dura que podría clavar clavos con ella.

Busco la prueba con la vista.

—Eso es impresionante.

—Me alegra que pienses eso. —Apoya el hombro en el marco de la puerta—. ¿Vas a volver pronto?

—Ah, pues no lo sé. —Tomo otro sorbo—. He pensado en dejarte trabajar y salir a pasear a las perras con Roxy. Tal vez me eche una siesta. Puede que incluso trabaje un rato yo también.

—Me echaré una siesta contigo.

Arqueo una ceja.

—Creo que ya ha quedado claro que estar tú y yo juntos en la misma cama no significa que vayamos a dormir.

—Sólo nos estábamos desfogando. —Me mira mientras dibuja una sonrisa lenta—. De verdad, sé comportarme.

Llevo toda la mañana pensando en el deseo sexual —extremadamente sano— de Garrett. ¿Cuánto tiempo ha estado sin practicar nada de sexo? O tal vez no ha dejado de hacerlo. Tal vez yo soy la última de una larga ristra de mujeres. Me digo que no tengo ningún derecho a sentirme en absoluto molesta, ni a interpretarlo de ninguna forma concreta.

—¿Qué te pasa? —pregunta él, enderezándose.

Hay que ver lo perspicaz que llega a ser este hombre... Una consecuencia inevitable del hecho de que me preste tanta atención. Todavía estoy tratando de hacerme a esta circunstancia. Normalmente, estoy acostumbrada a que nadie tenga que pensar en mí.

Acierto a sonreír.

—Nada.

—Eso casi siempre significa algo.

—No siempre. A veces *nada* significa «nada». —Cambio de tema—: ¿Te gustaría salir a cenar esta noche?

—Iré a cualquier parte contigo.

Su ansia por complacerme me preocupa. No puede dejar de lado sus propios deseos y necesidades para adaptarse a lo que cree que yo quiero. Esa estrategia no es sostenible a largo plazo.

—Si te surge algo o estás muy inspirado trabajando o... lo que sea, házmelo saber y ya está, ¿vale? —le digo, consciente de que, después de la forma en que reaccioné cuando se perdió la cena en casa de Roxy y Mike, lo pensará dos veces antes de cancelar algo—. Prometo que no me enfadaré si me avisas de que no puedes quedar.

Se acerca más, llenando todo el espacio del cuarto de baño.

—Siempre me siento inspirado por ti. Eres mi musa.

El corazón me da un pequeño vuelco, pero trato de quitarle hierro.

—Y yo creyendo que sólo me estabas utilizando para el sexo, pero resulta que hasta tus motivos ocultos tienen motivos.

—Si tengo una necesidad, Teagan, tú la satisfaces. —Me envuelve la cintura con los brazos—. Y estoy decidido a hacer que funcione en ambos sentidos. Voy a hacerme absolutamente necesario para ti; ése es mi plan.

Dejo mi taza en el lavamanos y busco su cara. Cuando me acaricia las mejillas con las puntas de los dedos, cierro los ojos.

—¿Te he dicho lo mucho que me gustan tus pecas? —comenta—. Me alegra que no las disimules con maquillaje.

—Tengo demasiadas para intentarlo siquiera.

Garrett me besa la punta de la nariz y luego alarga el brazo para tocarme el trasero.

—Y también me encanta tu culo.

Lo miro entornando los ojos.

—Las asiáticas no son famosas por sus curvas, precisamente, y no soy ninguna excepción.

—Eres mitad asiática y el conjunto es perfecto, incluido esto. —Me pellizca las nalgas.

—Sólo me estás haciendo la pelota para poder ponerte a pintar —le replico secamente.

—No es verdad, aunque tengo algo nuevo en mente en lo que quiero trabajar enseguida. —Se le ilumina el rostro al pensar en ello.

—Bueno, pues entonces no dejes que te retenga.

—Al contrario. —Su sonrisa es belleza en estado puro—. Me has liberado.

Garrett me acompaña de regreso a mi casa, a pesar de mis protestas.

—Si decides echarte una siesta —dice siguiéndome adentro—, quiero saberlo.

176

—Lo tendré en cuenta.

—Teagan —pronuncia mi nombre con un tono burlón de advertencia—. Si al final te quedas en casa, ven a la mía.

—Ahora vete, Frost. —Dejo las llaves en la mesita auxiliar—. Tienes cosas de las que ocuparte.

—Por supuesto. —Sonríe—. Y tú eres una de ellas.

—Eres un obseso.

—Y eso es lo que te gusta de mí. —Me atrapa en sus brazos y me besa el cuello.

Apoyo las palmas sobre su pecho desnudo.

—De momento vamos a planear sólo la cena, ¿de acuerdo? ¿A las siete? Podemos ir al Salty's a las seis, y puedes tomarte una copa o dos en la barra antes de sentarnos a cenar.

Su actitud juguetona se transforma en reflexiva.

—¿Qué pasa cuando bebes?

—Lloro. Mucho.

—¿Y eso es algo malo?

Inspiro hondo y decido abrirme un poco:

—La mayor parte de los días, para mí la vida es como tratar de respirar debajo del agua. Si a eso le añadimos las lágrimas, hacen que me sienta como si me estuviera ahogando.

—Oh, cielo... —Garrett deposita un beso en mi frente—. No voy a dejar que te ahogues, te lo prometo.

Mis manos se cierran en puños sobre su piel. Él no entiende que cuando rompes algo y todo lo que hay

177

dentro sale a borbotones, no te quedas con nada en las manos más que con la cáscara.

Lo beso en el pecho y luego deslizo los brazos a su alrededor, dándole un rápido abrazo.

—Vete a trabajar.

Frunce el ceño.

—Siempre odio dejarte sola. No me parece bien.

—Oye —digo sonriendo—, que yo tampoco voy a irme a ninguna parte.

—Te tomo la palabra.

Me suelta y busca la manija a su espalda. Al abrir la puerta, Roxy aparece allí, con el dedo en el timbre.

—Buenos días, Roxanne —la saluda.

Ella se lo queda mirando muda de asombro un momento, lo que, desde luego, no puedo reprocharle; al fin y al cabo, Garrett va sin camisa.

Roxy aparta la mano del timbre.

—Garrett, buenos días. ¿Cómo estás?

Nada más preguntarle eso, mi amiga hace una mueca.

Él retrocede un paso para dejarla entrar y luego se cambia de sitio con ella para salir.

—Llegas justo a tiempo. Me comporto como un caballero acompañando a una mujer a su casa, y luego ésta acaba magreándome, besándome...

—¡Garrett! —protesto intentando contener la risa.

—Te diría lo mucho que sufro siendo el objeto de sus fantasías sexuales más lujuriosas —continúa mientras se aleja—, pero estaría mintiendo, porque me gusta.

—¡Cállate! —Doy un paso adelante, amenazando con salir tras él.

Le guiña un ojo a Roxy y luego me mira de hito en hito.

—No me eches mucho de menos, doctora.

Garrett se vuelve hacia su casa y yo me reúno con una risueña Roxy en la puerta.

—¡No tropieces con tu ego! —le grito a la espalda.

Roxy me pone una mano en el hombro.

—Ese hombre es demasiado.

—Demasiado seguro de sí mismo.

—Demasiado guapo.

—Demasiado sexy —continúo—. Y terco como una mula.

—Justo lo que necesitas.

—¡Ja! Muchas gracias.

Tras cerrar la puerta, me vuelvo y encuentro a Roxy dándome un repaso de arriba abajo.

—Estás guapísima —me dice—. Me encanta ese top.

—Gracias, pero como es la misma ropa que llevaba anoche, voy a cambiarme en un momento. No tardo ni un minuto.

—¡En este instante me siento muy orgullosa de ti! —exclama a mi espalda—. No me extraña que estuviera tan satisfecho consigo mismo.

—¡No le des más alas!

Me quito el top y los shorts y los arrojo a la cesta

de la ropa sucia. Saco un pantalón de chándal del estante y una camiseta de una percha y me visto rápidamente.

Cuando vuelvo a la sala de estar, Roxy se está preparando un café. Está concentrada llenando la taza cuando anuncia:

—Tengo que hablar contigo.

—Vale.

Me mira.

—Sobre Garrett.

Asiento con la cabeza.

—Lo imaginaba.

—¿Ah, sí? —Deja escapar un suspiro y luego se dirige a la nevera.

Hoy viste unos pantalones pirata azul marino y una blusa con escote en pico de rayas blancas y grises. Como de costumbre, lleva unos complementos preciosos, con pulseras de oro en las muñecas, unas enormes bolas de oro como pendientes y unas deportivas de color dorado claro.

—No has hablado con él desde que os invitó a cenar a su casa —señalo.

Roxy cierra la puerta de la nevera con un brik de crema de leche en la mano y me contempla con aire abatido.

—¿Te ha comentado algo?

—No. Creo que no se había dado cuenta hasta que yo se lo advertí, y ni siquiera entonces parecía estar molesto. Aunque tal vez al final sí le moleste, si no lo resolvéis antes.

Suelta un suspiro de nuevo.

—Ahora mismo, él está bien —continúo—. Pero yo no lo estoy.

13

—Teagan. Lo siento. De verdad que lo siento.

Me acerco a Roxy en la encimera, saco una taza del armario y me preparo otro café para mí. Ella guarda la crema y me trae a mí la leche de almendras.

Ya no siento la ira y la decepción que sentía ayer. Hoy sólo estoy resignada pero esperanzada a la vez. Es un hecho cruelmente triste que algunas personas desaparezcan de tu vida cuando estás pasando por un infierno y cuando más las necesitas. Cuento con que Roxy sea una de las personas que se quedan a tu lado.

Se sienta a la mesa del comedor.

—Nunca me he considerado una persona cobarde, pero pensar en lo que le pasó a Garrett me rompe el corazón. Su dolor me hace sentir... incómoda. Quiero decir, ¿y si digo algo y meto la pata?

Trato de pensar en algún consejo, intentando expresar con palabras lo que desearía que más personas hubieran hecho por mí cuando empecé a caer en la depresión.

Señala con la mano hacia la puerta.

—No puedo creer que acabe de preguntarle cómo está. ¿Qué clase de pregunta es ésa? ¿Cómo se le puede preguntar eso a alguien que está pasando por lo que está pasando él?

Me dan ganas de abrazarla por ser tan sensible.

—Pues a él no parecía importarle en absoluto —señalo—. Todo el mundo dice lo mismo. Es como hablar del tiempo. No te fustigues por eso.

—Es que no tengo ningún punto de referencia sobre ese tema —dice Roxy, recorriendo con las yemas de los dedos el dibujo con motivos náuticos que envuelve su taza—. No tengo hijos; nunca he perdido una mascota. Mis padres, abuelos, hermanos y suegros están todos vivos. ¿Cómo voy a saber yo lo que es perder a un ser querido?

—Sabes lo suficiente para preocuparte y actuar con tacto.

Y es un alivio tan grande que siento que me estoy mareando. Saber que en su corazón hay espacio de sobra para lo importante significa mucho para mí. A veces las personas dan lo que pueden, y es necesario reconocerlo, aunque no sea eso lo que necesitas en ese momento.

—Eso no es suficiente —se queja—. Quiero decir, ¡tú estás saliendo con él! Y tú eres mi amiga. Quiero conocer al hombre que hay en tu vida. Quiero que salgamos juntos los cuatro.

—Muy bien, pues vamos a salir juntos —le digo encogiéndome de hombros—. Yo no estaba cuando os tomasteis aquella botella de vino los tres la otra noche, pero parece que hicisteis muy buenas migas. ¿No puedes volver a retomar la relación desde ahí?

Me mira con aire compungido.

—¿Cómo? Entonces sólo era el vecino nuevo, el chico rico, guapo y famoso que le estaba tirando los tejos a mi amiga. Ahora es el trágico pintor que perdió a su familia. La expresión de su rostro cuando hablaba de su hijo... —La veo estremecerse—. Fue horrible.

Recuerdo muy bien aquella expresión atormentada y cuánto me afectó a mí también, profundamente.

—Lo sé.

Deja caer los hombros.

—Garrett es un hombre maravilloso. De verdad que lo es. Me cae muy bien. Tengo que armarme de valor y volver a hablar con él antes de que piense que me cae mal o algo así.

—Cuando lo tengas delante no creo que te resulte tan difícil como crees. Es muy seductor.

—Sí que lo es. —Roxy toma un sorbo de su café y luego vuelve a soltar la taza—. ¿Tú no te has sentido incómoda alguna vez?

Vacilo unos instantes.

—No —respondo a continuación—. Aunque entiendo por qué puedes sentirte así. El duelo y la pena son algo muy personal, ¿verdad? Y cuando sabes que alguien está sufriendo todo el tiempo, siempre lo tienes presente cuando hablas con esa persona.

—Lo que significa que él también debe de tenerlo presente.

—Estoy segura de que es algo con lo que vive todos los días. —Miro por las ventanas hacia el Sound—. Se lo veo en los ojos, cuando piensa en ello.

—¿Cómo puedes soportarlo?

—Porque estoy empezando a darme cuenta de que estar con él es mucho mejor que estar sin él. —Me recuesto con pesadez en el asiento y voy directa al grano—: Necesito que seas su amiga, Roxy. Es importante para mí.

—Y quiero serlo. Es sólo que me siento... impotente. —Envolviendo la taza con las manos, lanza un rápido soplo a través del humo—. ¿Cómo lo llevas cuando él te habla de eso?

—No hemos hablado de eso.

Abre mucho los ojos.

—¿En ningún momento?

—No. Estamos..., no sé. Vamos con mucho cuidado de momento. —Miro por las ventanas de nuevo—. La atracción sexual nos ha tomado a los dos por sorpresa, creo. A mí más que a él, tal vez. En el momento en que comprendió que era algo mutuo, ya estaba listo para lanzarse de cabeza. Yo iba con más cautela. No tengo un gran historial en cuanto a relaciones amorosas, como tú misma has señalado otras veces.

Entonces sonríe.

—Nos contó que le dejaste una cesta con fruta en el umbral de la puerta, luego llamaste al timbre y te fuiste.

—Pues sí. —Le devuelvo la sonrisa—. Es que me lo imaginé viviendo a base de sopa de sobre y nadando entre cajas de mudanza. Dios, qué equivocada estaba...

—Sí. Parece como si llevara años viviendo aquí, no semanas. Ese hombre sabe lo que hace, ¿no es así?

—Exactamente. Y por eso no se va a derrumbar contigo. A veces, cuando viene a tomar un café, está muy callado y taciturno, y hubo un momento difícil cuando fuimos a Seattle, al centro, pero consiguió reponerse y superarlo.

—Tal vez tú lo estés ayudando con eso —sugiere con delicadeza.

Suspiro.

—Ojalá pudiera, pero somos dos personas muy diferentes en ese sentido. Yo soy mucho más reservada. Se me da bien compartimentar mi vida, me han dicho que demasiado bien, incluso. Y él, en cambio..., conecta con la gente. Sabe compartir. Él habla y exterioriza lo que siente. Intuyo que, con el tiempo, esas diferencias acabarán convirtiéndose en un problema. Él cree que lo solucionaremos.

—Espero que lo hagáis. —Endereza la espalda—. Creo que voy a pedir unos libros. Alguien tiene que haber escrito algo sobre cómo ayudar a los amigos a llorar la pérdida de un ser querido.

—Roxanne... —Me trago las lágrimas, pero me inundan los ojos pese a todo—. Eres una mujer increíble.

—No me hagas llorar. Ya sabes cómo me pongo.

Su fingido tono de enfado me hace sonreír.

—Vamos a ir a cenar al Salty's. Tú y Mike sois muy bienvenidos si queréis acompañarnos.

—Oh, no quiero estropear vuestra cita.

—No la estropearíais. Además, sabes que te mueres por comerte esa sopa de marisco.

Se le iluminan los ojos.

—Con un toque de jerez dulce y pimienta negra. Dios, qué cosa más rica...

—Sobre todo cuando mojas ese pan caliente con mantequilla...

—Está bien. De acuerdo, iremos. —Se acerca y me agarra la mano—. Gracias.

—¿Por qué? Ni siquiera he llegado a la parte donde te invito a que me acompañes cuando Eva Cross venga a Seattle.

—Espera. ¿Qué? —Roxy se pone de pie, mirándome boquiabierta—. ¿Me tomas el pelo?

—No me atrevería. Me matarías.

Casi se pone a dar saltos de alegría.

—¿De verdad va a venir aquí?

—Sí. Están implantando el método de cuidado para la piel ECRA+ en los *spas* de todos los hoteles Cross. Ha programado entrevistas con la prensa para promocionar el espacio *pop-up* que tiene previsto abrir en el Cross

Tower aquí, en Seattle, y de paso quieren sacarme más fotos a mí para el material promocional.

Se desploma de nuevo en su asiento e inclina el cuerpo hacia delante.

—Está bien. Dame todos los detalles para que pueda decidir qué ponerme: fecha, hora, cómo van a ir vestidos los demás... —Reflexiona un momento—. Tendré que comprarme ropa nueva.

Tomo un sorbo de café y escondo una sonrisa detrás del borde de mi taza. Habrá muchos obstáculos por delante, así que voy a disfrutar de los momentos plácidos mientras duren.

—Dios, Teagan... —Las manos de Garrett me tiran del pelo—. Tu boca...

Le agarro el pene con ambas manos, acariciándolo desde la base hasta donde lo envuelvo con los labios, alrededor del amplio glande. Contraigo las mejillas y aspiro, chupando con fuerza, y luego doy unos golpecitos con la lengua sobre la punta.

Llevaba toda la mañana pensando en él así, distrayéndome en vez de contestar los correos electrónicos pendientes y pensando en Garrett trabajando en su estudio. Lo visualizaba con sus pantalones vaqueros y los pies descalzos, y me imaginaba acercándome a él, abriéndole la bragueta y engullendo su miembro con la boca.

Desde la semana pasada, cuando llevamos por primera vez nuestra nueva relación al plano sexual, nos hemos hecho muchas cosas el uno al otro, pero yo aún no le había hecho una mamada con final feliz. Al final ya no he podido esperar más, simplemente. He llegado a su casa, he subido la escalera y he hecho con él lo que tantas ganas tenía de hacer.

Las manos de Garrett caen a cada lado de sus caderas, y aprieta con el puño la tela de debajo.

—Oh, joder... Cómo me gusta...

Trazo círculos con la lengua alrededor de su glande, sin apartar los ojos de él mientras se estremece de placer. Me excita muchísimo ver su cuerpo escultural tensarse bajo mis caricias, ver cada músculo duro flexionarse bajo la piel húmeda. Arrodillándome entre sus muslos extendidos, siento el calor espeso del deseo lubricando mi sexo.

Garrett sigue agarrando la tela con los nudillos blancos mientras lo engullo hasta el paladar y chupo rítmicamente. Está a punto, lo sé, lo estoy saboreando, la corona de su pene cremosa ya de pura ansia. Le agarro la piel tirante del escroto con una mano, palpando lo firmes que son sus testículos, cuánto se han tensado anticipándose al orgasmo.

Libero la presión, deslizando los labios hacia arriba para apartarlos y poder lamerle la totalidad del pene enhiesto en sentido descendente, recorriendo el trazo de las venas gruesas y prominentes que serpentean sinuosas entre la ancha base y el prepucio. Levanta las caderas debajo de mí; el instinto de empujar le resulta demasiado fuerte para resistirse.

—Chúpamela —gruñe—. Métete la polla en esa boca tan caliente y chúpamela hasta que me corra.

Las palabras son rudas, al igual que su voz, pero deja las manos donde están, con virulenta lascivia pese a seguir siendo el hombre considerado de siempre. Una oleada de calor me inunda el pecho, con el corazón embargado de emociones que nunca creí que volvería a sentir.

Relamiéndome para quitarme su sabor de los labios, vuelvo a metérmelo en la boca. Succiono con entusiasmo, moviendo la cabeza, trabajando con las manos su duro saco escrotal.

—Qué bien lo haces, joder... —Vuelve a hundir la mano en mi pelo, inmovilizándome. Levanta las caderas, bombeando su polla entre mis labios.

Con las palmas de las manos sobre la tela que recubre el suelo, me quedo quieta mientras él empieza a follarme la boca con embestidas cortas y constantes hacia arriba.

—Me corro —suelta—. Voy a correrme ahora mismo.

Garrett tensa la espalda y su miembro da una sacudida justo antes de que un estallido de semen me inunde la lengua. Con las caderas levantadas y el cuerpo tembloroso, alcanza el clímax durante largo rato, llenándome la boca mientras trato de tragármelo todo.

Jadeando, se desploma al fin en el suelo, con temblores que le estremecen todo el cuerpo. Aspiro el aire para llenar mis pulmones con respiraciones profundas, apoyándome sobre los talones con las manos en los muslos.

—Teagan. —El gruñido de Garrett al pronunciar mi nombre es la única advertencia que tengo antes de que se levante, me atrape en sus brazos y me haga rodar por el suelo para tumbarme de espaldas.

Me dobla las piernas hacia el pecho, tira de la cintura de mis pantalones y de mi ropa interior hasta bajármela a la altura de las rodillas y así quitarla de en medio, y luego me mete la polla aún dura dentro. Lanzo un grito, sobresaltándome, tan excitada por su vehemencia que ya estoy a punto de correrme.

Doblada sobre mí misma, con las rodillas junto a mi oreja y el movimiento de mis piernas limitado por los pantalones, no tengo ninguna capacidad para participar. Lo único que puedo hacer es quedarme ahí tumbada mientras Garrett me embiste con fuerza, metiendo su enorme pene en mi sexo desesperadamente húmedo. Siento que la tensión se acumula en mi pelvis mientras suelto jadeos entrecortados de placer. Cuando llego al orgasmo, es como una ola gigante que estalla precipitadamente y luego me azota los sentidos con una serie de embates profundos y lentos.

Espera hasta que el último temblor es un recuerdo y luego se retira entre la líquida humedad, deslizándose para liberarse con un movimiento torpe y pesado. Me pongo de lado, sintiendo como si tuviese todos los músculos desfallecidos de cansancio, con los pantalones y mi ropa interior enredados aún alrededor de las pantorrillas. Garrett se derrumba en el suelo a mi lado, acurrucándose contra mi espalda y pasándome un brazo por la cintura. Su pecho se expande y se contrae como un fuelle, su respiración agitada pero apaciguándose por momentos.

—Esto va a pasar a la historia —dice con voz ronca—. De hecho, creo que en realidad tal vez me he muerto mientras me la chupabas y ahora simplemente estoy en el más allá.

Me río, no puedo evitarlo.

Levanta la cabeza y me planta un beso firme y rápido en la mejilla.

—Necesito saber qué es lo que te ha hecho lanzarte así, para que pueda volver a repetirse.

Alargo el brazo e intento recolocarme la ropa. En ese momento caigo en el detalle de que él estaba desnudo cuando me folló, pero yo todavía estoy vestida casi del todo. Me resulta muy erótico.

—Tan sólo me pareció una buena idea —replico rodando sobre mi espalda y levantando las caderas para subirme los pantalones.

—Ha sido una idea excelente. —Se apuntala sobre un codo y apoya la cabeza en una mano, dejando la otra sobre mi barriga—. Hagámoslo de nuevo. En Nueva York.

Vuelvo la cabeza hacia él.

—¿Qué?

—Tengo una exposición la próxima semana. Dejé muchos de mis cuadros en Nueva York cuando me mudé aquí y estamos intentando venderlos. —Desliza la yema del dedo por el puente de mi nariz—. Te quiero conmigo.

Exhalo despacio, sopesando lo que me pide. Sería un gran cambio para nosotros si lo acompañara, y me preocupa hacer cambios drásticos en un momento tan incipiente de nuestra relación. Aun así, la idea de pasar varios días sin verlo me pone nerviosa.

—¿Cuándo tienes que irte?

—Estoy pensando en tomar el avión el martes y reunirme con el dueño de la galería el miércoles. La inauguración es el jueves. Después habrá una fiesta, pero a partir de entonces podemos hacer lo que queramos. Podemos pasar el fin de semana en la ciudad y volver el lunes.

Arqueo las cejas.

—¿Este próximo martes?

—Sí. Mi agente lleva semanas detrás de mí insistiéndome para que vaya, pero tú y yo acabábamos de empezar, y ésa era mi prioridad. Además, podía gestionarlo casi todo mediante vídeos y por correo electrónico, y mi equipo de redes sociales ha estado ocupándose de la parte de la promoción, así que todo va bien.

Con esa información, ¿cómo puedo decir que no? Pero tengo que hacerlo.

—Ojalá pudiera, Garrett, de verdad. Y si fuera en otro momento, podría ir, pero ya he aceptado participar en una promoción de ECRA+ en Seattle este jueves, y le prometí a Roxy que le presentaría a Eva Cross, porque es una gran admiradora suya. Mike dice que lo está volviendo loco con los preparativos para conocerla.

Frunce el ceño. Puedo oír los engranajes de su cerebro mientras piensa.

—Bueno... —Frotándose la mandíbula con una mano, anuncia—: Lo cambiaré por una aparición en vídeo en la galería. Ya lo he hecho antes; es muy fácil.

—De ninguna manera. Es muy importante para ti, lo sé. Aunque hayas hecho docenas de inauguraciones y exposiciones, todas y cada una de ellas representan un gran acontecimiento, y tienes que estar allí. No pienso ser la causa de que no vayas.

Tensa la mandíbula con obstinación.

—Ya hemos hablado de esto. Ahora mis prioridades han cambiado.

Me incorporo y cruzo las piernas.

—Lo entiendo. Y te lo agradezco, de verdad que sí, pero yo no debería ser siempre lo primero en tu vida. Sólo la mayor parte del tiempo.

Intento convertir eso en una broma con una sonrisa deslumbrante, pero Garrett frunce el ceño cuando se incorpora, descaradamente desnudo.

—No pienso estropear esto nuestro —afirma con rotundidad—. Lo que hay entre tú y yo. Entre nosotros.

—Y, sin embargo, si no vas a Nueva York, lo estropearás.

El ceño se transforma en una mirada abiertamente hostil.

—¿Y eso?

—Porque poner fin a tu carrera de forma prematura por mi culpa nunca funcionará a largo plazo, Garrett.

—Por una vez no pasará nada —protesta.

—Así es como empiezan a ir mal las cosas.

Sus ojos adquieren un brillo tenaz.

—Eres lo más importante en mi vida. No quiero hacer nada que te haga ponerlo en duda.

Las cicatrices de las batallas amorosas que ha librado se hacen más evidentes que nunca. Mis relaciones fallidas también me dejaron cicatrices, incluida la herida aún abierta de sentir que el trabajo era el verdadero amor de la vida de mi marido.

—Cuando sienta que me estás descuidando, te lo diré —le prometo—. Y entonces lo dejarás todo por mí.

Permite que mis palabras tomen cuerpo, visiblemente más relajado. Al final, asiente con la cabeza.

—Cogeré un avión a primera hora el miércoles y regresaré en un vuelo nocturno el jueves por la noche.

—Los vuelos nocturnos son lo peor. En vez de eso, intenta estar aquí a última hora de la tarde. Te recogeré en el aeropuerto y podemos salir a cenar.

—Pero entonces serán tres días enteros sin ti. —Me

frota el labio inferior con el pulgar—. Y sin esta boca tan increíble.

—¿Hay algún momento en el que no pienses en el sexo?

Garrett sonríe.

—Perdona, pero yo estaba aquí tan tranquilo trabajando cuando irrumpiste en mi estudio y me arrancaste la ropa.

Hago un gesto con la mano para quitarle importancia a eso.

—Estarás fuera dos noches.

—Está bien, pero la próxima vez vendrás conmigo.

—La próxima vez avísame con más tiempo.

—De acuerdo.

Me levanto.

—Y ahora, ponte algo de ropa.

—Piensa en todo lo que podemos hacer sin ella. —Me mira agitando las cejas.

—Necesitas ayuda, Frost.

Oigo a medias cómo se viste mientras me incorporo y me sacudo los pantalones. Entonces me paro en seco.

Por primera vez, miro el cuadro en el que está trabajando. Me quedo inmóvil.

Su nuevo lienzo, apoyado en un caballete, es considerablemente más pequeño que el anterior, lo cual encaja con su tono más intimista. Es una mezcla abrasadora y frenética de color carmesí, naranja y amarillo, con toques más tenues de aguamarina, verde y blanco. Pienso inmediatamente en una supernova, un estallido brillante de energía y fuerza; en cambio, la forma es mucho más terrenal. Y, sin duda, más erótica.

Pienso en el cuadro que cuelga en su dormitorio. Ése también es muy sensual. Sexy. Pero carece de la inmediatez de esta nueva pieza, así como de su colorido.

Garrett me abraza por detrás.

—No tengo idea de cómo voy a añadir lo que ha pasado hoy a esto. Puede que tenga que darle un lienzo propio. Coger una pistola de *paintball* y ponerme a disparar sin más. ¡Bum! Como has hecho tú con mi mente.

A una parte de mí le resulta divertido y tontorrón, mientras que otra parte empieza a comprender que está llevando un diario de nuestra relación a través de la pintura. Está haciendo una crónica de nuestra dinámica sexual, que en su arte aparece como excepcionalmente poderosa, destructiva y renovadora a la vez.

Cuando Garrett no está trabajando, está conmigo. Y, al parecer, cuando está trabajando, también estoy con él, presente de forma muy intensa en sus pensamientos.

—No vas a poner ese cuadro en venta. —No es una pregunta.

—No. —Se inclina y apoya la barbilla en mi hombro—. Lo colgaremos sobre nuestra cama, en nuestra habitación, cuando llegue el momento.

Respiro hondo y luego suelto el aire.

—¿Qué vas a hacer con el otro?

14

—¿No soy un poco exagerada, poniéndome tan nerviosa? —susurra Roxy con aire teatral mientras seguimos a la coordinadora del evento por un largo pasillo del hotel Cross Tower.

—Sólo un poco. Eva es humana, ¿sabes? Igual que tú y yo. Se cepilla los dientes, tiene días en que le queda mal el pelo, le salen granos en la piel...

—Amiga mía, tú alucinas —se burla—. ¿Estoy bien?

—Mucho más que bien. Ese conjunto te queda perfecto.

Lleva un mono de color coral y una chaqueta blanca. Como de costumbre, está muy elegante y chic. Una novedad en ella es que ha reducido al mínimo los accesorios: sólo lleva unos pendientes de diamantes y su alianza de boda.

Nos conducen a un salón con grandes ventanales en tres de las cuatro paredes que ofrecen una vista panorámica de la bahía de Elliott. La noria de Seattle queda a nuestra izquierda, y un ferri pasa deslizándose hasta desaparecer de nuestro campo visual, a la derecha. La sala en sí está decorada en distintos tonos de color dorado, marrón y arena, creando un lujoso espacio que sirve de complemento al hermoso paisaje en lugar de competir con él.

Unos manteles de color crema cubren un mar de mesas redondas. Un equipo está ajustando la iluminación y montando las cámaras para una sesión de fotos con las vistas como telón de fondo, además de otro segundo set ante un fondo de color neutro. Hay un colgador con ropa en un rincón, junto con tres sillas de director al lado de una larga mesa cubierta con cosméticos y utensilios para el pelo.

En otra mesa, una mujer rubia y menuda con un vestido de tubo blanco sin mangas está descalza junto a una morena que viste un elegante traje azul marino, inclinando la cabeza sobre una pila de imágenes ampliadas.

Roxy me agarra de la mano y la aprieta con fuerza.

—Oh, Dios mío, ahí está... ¡Y mira ese vestido de Chanel!

Levantando la cabeza, la rubia se vuelve hacia nosotras, mostrándonos un rostro de belleza clásica. Con el pelo ahora de un tono rubio platino y recogido en un elegante moño, me recuerda a una glamurosa estrella de cine de los años dorados de Hollywood: Lana Turner o Tippi Hedren, tal vez, con el *sex appeal* de Marilyn Monroe. Tiene las mismas curvas.

—Teagan. —Su sonrisa la hace instantáneamente accesible—. Me alegro mucho de verte.

Eva se acerca hacia mí con las manos extendidas para estrechar las mías. A su espalda, debajo de la mesa, veo un par de zapatos de tacón de aguja de color zafiro. Unas enormes piedras brillantes que sospecho que son diamantes rosas le cuelgan de las orejas, y otro espectacular diamante brilla en el dedo anular de su mano izquierda. Lleva un Rolex en una muñeca y una pulsera Chanel en la otra.

—¿Cómo puede ser que estés siempre más guapa cada vez que te veo? —me pregunta con la voz ronca impregnada de cálido afecto—. Yo quiero estar tan increíble sin maquillaje. Y ésta debe de ser Roxy.

Mi amiga sujeta las manos de Eva.

—¡Me alegro tanto de conocerte!

—El sentimiento es mutuo.

Los ojos grises de Eva son suaves como una mañana de niebla, pero agudos al mismo tiempo; ojos de inteligencia.

—Y me encanta tu nueva línea de cuidado de la piel —continúa Roxy—. Es como un milagro. Hacía años que no tenía la piel tan tersa e hidratada.

—¡Es verdad! ¡Había olvidado que Teagan pidió un estuche para ti! Estoy encantada de que te guste. ¿Cuánto tiempo hace que la usas?

—Un poco menos de un mes.

—Si te parece bien, podríamos sacarte algunas fotos

a ti también. Aunque para hacerlo tendríamos que quitarte tu magnífico maquillaje y, por supuesto, entendería perfectamente...

—¡Me encantaría! —exclama Roxy, sonriendo emocionada.

Eva se ríe, y es un sonido rico y gutural que hace que varias cabezas se vuelvan en nuestra dirección.

—Genial. Esto va a ser divertido. Cuando hayamos terminado, el equipo de maquilladores puede hacer que estés espléndida de nuevo. —Vuelve la mirada hacia mí—. Tú estás estupenda tal como estás, Teagan, pero también puedes acudir a los maquilladores, si quieres. Tú misma.

—Aceptaré cualquier tipo de ayuda.

—Muy bien. —Se ríe de nuevo y luego señala hacia las fotos de la mesa—. Ven a ver lo que hemos hecho hasta ahora.

Mientras Roxy y yo la seguimos, mi amiga hace aspavientos mostrando toda su emoción a espaldas de Eva. Tengo que hacer un esfuerzo para contener la risa.

Eva nos presenta a Odeya, la morena de azul marino, que resulta ser la directora de publicidad y marketing de ECRA+. Luego gesticula con la mano hacia las fotos de gran tamaño montadas en tableros de cartón pluma. Examinamos una gran cantidad de fotos de mujeres y hombres de diferentes edades y etnias. Todos llevan el pelo liso y los hombros descubiertos sobre un fondo rosa pálido. Algunos de los modelos aparecen en paralelo con una imagen del antes y el después.

Odeya pasa al siguiente tablero. Roxy y yo proferimos un murmullo de admiración.

Desde la foto nos miran el marido de Eva, Gideon, y su cuñada, Ireland. Los hermanos comparten los mismos rasgos espectaculares: el pelo negro brillante, unos ojos azules de pestañas gruesas y unas facciones que rozan la perfección y que mis antiguos pacientes solían incluir en sus listas de los deseos. Gideon lleva un corte de pelo desenfadado que le llega a la parte superior de sus poderosos hombros, mientras que la melena de Ireland es una larga cascada de seda. Están posando con Ireland de pie detrás de su hermano mayor, desplazado ligeramente a un lado, de manera que la extensión de su larga cabellera sigue la curva de sus bíceps.

—Guau —exclama Roxy, inclinándose más—. Eso sí que es una buena herencia genética.

—Lo sé —admite Eva con un suspiro—. Y eso que no hemos retocado ninguna de las fotos. Nada de filtros de color, ni mejora de la imagen. Ése es el aspecto que tienen esos dos a todas horas, aunque me gusta pensar que el sistema ECRA+ ha aportado algo a su belleza natural.

Roxy la mira.

—Qué suerte tienes. Tu hombre es guapísimo.

La preciosa boca de Eva se curva.

—¿A que sí? Siete años juntos y todavía me pellizco todas las mañanas.

—No nos lo restriegues a las demás —replica Odeya, pasando a la siguiente foto.

Sonrío cuando reconozco al atractivo hombre de la imagen.

—Ése es Cary.

Dando unas palmaditas, Roxy flexiona las rodillas para dar un pequeño salto.

—¡Me encanta! Sus *posts* en las redes sociales son muy divertidos.

—Dímelo a mí. Ese hombre sí que no tiene filtro... —comenta Eva con ironía—. Él es la razón por la que vamos a lanzar una línea de cuidado masculino junto con la línea principal. Cary me recordó que verse guapo es un deseo universal.

El mejor amigo de Eva es más famoso por ser un fenómeno de las redes sociales que como modelo exitoso, lo cual no significa que no sea increíblemente guapo. Casado con una veterinaria, siempre está subiendo fotos muy graciosas de animales y es más conocido por sus reveladoras crónicas sociales y por sus mordaces comentarios. Sus seguidores, como Eva, suman decenas de millones.

La siguiente foto también es de Cary, pero esta vez va acompañado de una rubia despampanante. Los dos hacen muy buena pareja; el pelo oscuro y los ojos verdes de él en impresionante contraste con la belleza dorada de ella. Ambos tienen una estructura ósea envidiable. Están posando de forma similar a Gideon e Ireland, sólo que esta vez Cary está detrás de la modelo.

—La conozco —dice Roxy chasqueando los dedos mientras trata de hacer memoria—. Es Tatiana Cherlin.

Eva asiente.

—Así es.

Roxy llama mi atención.

—Es la rubia que vi en casa de Garrett justo después de que se mudara. Ya decía yo que me sonaba, pero no la he reconocido hasta ahora.

Sorprendida, desvío la mirada de Roxy a la foto de la cara de belleza única y exótica de Tatiana.

Había olvidado por completo que Roxy mencionó haber visto a una mujer con Garrett. Había borrado esa información de mi cerebro atribuyéndola a uno de los chismes habituales de mi amiga, porque entonces aún no sabía que era Garrett quien se había mudado a la casa de al lado.

—Estuvieron juntos —continúa Roxy señalando la foto—. Cary y Tatiana. Tuvieron un hijo, pero el niño murió. Recuerdo que salió en toda la prensa. Aunque eso fue hace mucho tiempo. Hace años, creo.

La miro, asombrada por su capacidad para almacenar retazos de la vida de otras personas y agradecida porque mi grado de notoriedad no baste para atraer el interés de los periódicos.

—Fue poco después de casarme —añade Eva en voz baja—. Todavía están tratando de superarlo. Cary se preocupa mucho por ella y probablemente siempre lo hará. Me pidió que considerara incluirla en la campaña y, después de probar el ECRA+ ella misma, estuvo encantada de participar. Además, siempre le ha gustado trabajar con Cary. A todo el mundo le gusta.

Odeya pasa a la siguiente imagen, una foto de Tatiana sola, y se detiene en ella unos segundos. Las tres mujeres están hablando de las cosas escandalosas que Cary publicó en las redes en el pasado.

He evitado adrede pensar en cómo era la vida de Garrett antes de que apareciera en la casa de al lado. He estado evitando pensar en muchas cosas.

Permanezco de pie junto a Roxy, escuchando sólo a medias. Mi pensamiento viaja hacia el hombre que en estos momentos se está preparando para una exposición de su obra en la otra punta del país.

Entre el enjambre de pasajeros que aguardan en la salida de la zona de recogida de equipaje del aeropuerto de Seattle-Tacoma, Garrett Frost no pasa desapercibido. Espera con aire despreocupado, con una mano en el asa de la maleta de mano y sujetando su teléfono con la otra mientras lee la pantalla. Lleva botas negras, vaqueros negros y una camiseta gris marengo, con unas gafas de aviador negras en su hermoso rostro.

Lo que llama la atención no es la ropa que viste, ni siquiera su atractivo inconfundible; es su cuerpo, la seguridad que transmite su postura, la soltura con la que se desenvuelve.

Mordisqueándome la parte interna del labio, maniobro con cuidado con el Range Rover entre los vehículos parados para acercarme todo lo posible. Levanta la cabeza cuando estoy a punto de apearme. No le veo los ojos detrás de las gafas, pero la alegría que siente al verme es más que evidente: su rostro estalla de inmediato con una sonrisa íntima y sexy. Siento un pequeño escalofrío de placer.

—¡Hola! —lo saludo pulsando el botón que abre el maletero antes de cerrar la puerta del lado del conductor—. ¿Cómo te ha ido?

Se dirige hacia mí dando esas zancadas largas y decididas que hacen que algo se me remueva por dentro. Inmediatamente, siento una llamarada de calor por todo el cuerpo.

—Todo lo bien que podía irme sin estar tú allí.

Garrett hace ese movimiento limpio y fluido para atraerme hacia sí y darme un beso en el momento justo en que me doy cuenta de que ésa es precisamente su intención. Cierra los labios firmes sobre los míos y sumerge la lengua en mi boca. Un suave murmullo de placer se transfiere vibrante desde su pecho hasta el mío. De repente se detiene y susurra:

—Te he echado de menos.

—Yo te he echado aún más de menos a ti.

Me responde con una sonrisa triunfante.

—Me alegro. ¿Quieres conducir?

—No. Este cacharro me da miedo. ¿Por qué un todoterreno tan grande como éste parece un coche de carreras?

Deposita la maleta en el maletero y pulsa el botón que cierra la puerta automáticamente.

—Quinientos diez caballos, sobrealimentados por un compresor V-8.

—Eso es una locura —murmuro siguiéndolo al lado del pasajero, donde me abre la puerta.

Garrett me da una palmada suave en el trasero cuando subo.

—Me gusta cómo te sientan esos vaqueros, doctora. Me gusta mucho.

Sonrío mientras él rodea el capó, complacida de que se haya fijado. Me suscribí a un servicio de estilismo cuando empezamos a mantener relaciones sexuales y la primera caja me llegó cuando él estaba en Nueva York. Ahora tengo al menos un par de conjuntos decentes para salir de noche. Es todo un avance, y lo estoy celebrando.

Toca uno de los botones de la puerta lateral del conductor y espera a que el asiento descienda y se mueva hacia atrás, dejándole espacio suficiente para acomodarse. Ajusta el espejo retrovisor y me mira.

—¿Adónde vamos?

—¿Tienes hambre?

—Sí. —Me lanza una mirada penetrante—. Y también podría comer algo.

Sacudiendo la cabeza, me río, algo que cada día me resulta más fácil.

—Ese chiste es muy malo.

—Pues a ti te ha hecho gracia. —Mirando por encima del hombro, Garrett maniobra con el Range Rover para alejarse del caos de vehículos que intentan recoger a los pasajeros recién aterrizados. Dejamos atrás el aeropuerto—. ¿Adónde?

—¿Qué te parece un mexicano?

—Siempre estoy listo para una buena comida mexicana.

—Hay un restaurante cerca de aquí, en Tukwila, que tiene muy buenas críticas, o también está el de Federal Way, cerca de casa. He estado allí y es bueno.

—Pues entonces vamos a Tukwila y probemos algo nuevo.

—Está bien. En ese caso, quédate en la 518 Este.

Cambia de carril y luego alarga el brazo en busca de mi mano.

—¿Cómo fue lo del trabajo?

—Bien. Roxy lo pasó bomba. Eva volvió a Nueva York en un jet privado esa misma noche. Estuve pensando muy en serio en irme con ella y darte una sorpresa.

—¿Y por qué no lo hiciste?

—Porque no íbamos a llegar hasta las once, y no sabía si estarías en alguna fiesta después de la inauguración, o tal vez cenando con amigos. —Me encojo de hombros—. No quería estropearte los planes que tuvieses para esa noche.

—No me habría importado, Teagan, para nada.

Un coche imprudente nos adelanta a toda velocidad y luego se nos cruza para cambiar de carril e incorporarse a la interestatal 5 Sur.

—Vi algunas de las fotos que la gente subió a las redes. —Miro hacia nuestras manos unidas—. Vi que Tatiana Cherlin estaba allí.

—Sí, vino a la inauguración. Es una amiga.

—Roxy me dijo que Tatiana estaba contigo cuando te mudaste.

Se produce un silencio y, a continuación, repone:

—Me siento como en una especie de emboscada. —Inspira hondo—. Es una amiga, eso es todo. Nunca ha sido nada más que eso, y nunca va a ser nada más por la sencilla razón de que estoy enamorado de ti y eso no va a cambiar en esta vida.

—Garrett... —Me quedo sin palabras en ese momento. Soy un cúmulo tembloroso de asombro, satisfacción y miedo. Le aprieto la mano con más fuerza.

—La conocí en un grupo de apoyo para padres que han sufrido la pérdida de un hijo —explica—. Yo aún estaba sumido en la desesperación, y ella ya llevaba años batallando con la pena. Hablar con ella me hizo darme cuenta de que con el tiempo se haría más fácil, que aprendería a vivir con el dolor.

—Me alegro de que ella estuviera ahí para brindarte apoyo. —Lo digo sinceramente. Creo que lo sabe, porque veo aliviarse la tensión de su cuerpo—. Ojalá hubiera podido estar yo.

Se lleva mi mano a los labios.

—Ahora estamos aquí el uno para el otro. Eso es lo que cuenta.

—¿Te molesta que no hayas podido hablar conmigo sobre David?

Garrett espera un momento antes de contestar.

—Deja que lo formule de otra manera —me pide—. ¿Te molesta a ti cuando hablo de David?

—No. Es sólo que... no soy muy habladora. Se me da bien escuchar, pero me parece que sería un problema si compartieras cosas personales y yo no lo hiciera. Me preocupa que eso sea un obstáculo entre nosotros —confieso—. Una necesidad que tú tienes y que yo no estoy colmando.

Desliza el pulgar hacia delante y hacia atrás sobre mi piel.

—He ido a ver al psicólogo, ahora que he estado en Nueva York. Han pasado muchas cosas en los últimos meses: la mudanza, volver a pintar, empezar de nuevo contigo. Sentía que necesitaba hablar con alguien.

Señalo hacia nuestra salida y cambia de carril.

—Hay cosas de mi antigua vida que echo de menos, más allá de lo de David —confiesa en voz baja—. Pero ahora hay cosas que están pasando entre nosotros que me hacen más feliz de lo que he sido jamás. A veces me siento culpable por eso.

El monovolumen granate que tenemos delante lleva

un cartel de Bebé a bordo en la luna trasera. Se balancea de un lado a otro, colgado de una ventosa.

—El doctor Petersen sugirió que intentemos escribir en un diario las cosas que no podemos o no queremos decir —continúa Garrett—, y que dejemos los diarios abiertos para poder leerlos en cualquier momento. Eso permite dejar aparcada la opción de hablar, pero aún mantiene abiertas las líneas de comunicación.

Me mira cuando nos detenemos en un semáforo.

—Compré un par de diarios en el aeropuerto a la vuelta.

Me escuecen un poco los ojos mientras vuelvo a asentir.

—Bueno. Intentémoslo.

—Sé que no te gusta hablar, pero el doctor Petersen también hace videollamadas, si cambias de idea.

Me imagino hablando de cómo me siento y se me encoge el estómago sólo de pensarlo. Aun así, asiento con la cabeza.

—Tengo un médico, pero tomaré en cuenta esa recomendación.

Nos dirigimos hacia el centro comercial. El aparcamiento está repleto de vehículos. La gente y las familias entran y salen de los innumerables restaurantes y tiendas. Antes solía sentirme muy sola en momentos como éste, teniendo que afrontar el hecho de que la vida avanza y sigue adelante mientras yo siento como si la mía estuviera congelada.

Miro al hombre que está sentado a mi lado, sujetándome la mano, esforzándose tanto por conseguir que lo nuestro funcione, y valoro el hecho de que ya no me siento sola, ni siquiera un poco. La tristeza omnipresente que me aislaba del mundo es un vínculo de conexión con Garrett.

Pongo mi otra mano encima de las dos.

—Por cierto..., yo también estoy enamorada de ti.

15

—Hacía siglos que no venía aquí —comenta Roxy cuando entramos en el museo Chihuly Garden and Glass.

—No creo que hayan cambiado nada —comenta Mike mientras observa la tienda de regalos junto a la entrada—. Creo que las exposiciones son todas permanentes.

—No deberíais haber comprado las entradas para verlo otra vez —protesto, aunque ya es demasiado tarde, porque hemos pagado las entradas a través de una máquina automática en el exterior—. Podríamos haber quedado más tarde.

—Queremos volver a verlo —me asegura Roxy—. La verdad es que yo únicamente me acuerdo de los barcos.

—Yo sólo me acuerdo de la sala del acuario —dice Mike—. Los *ortópodos* son bastante impresionantes.

—Se dice *octópodos* —lo corrige Roxy.

—¿Qué? —Niega con la cabeza—. No, no es así.

—Sí lo es. Búscalo.

Mike saca su teléfono. Al cabo de un momento, exclama:

—Maldita sea. Tienes razón.

—Claro que la tengo.

Garrett me pasa un brazo por los hombros mientras esperamos para enseñarle nuestras entradas a un miembro del personal. Hace un precioso día de verano, un poco caluroso para Seattle, pero por suerte no tiene nada que ver con la insoportable humedad de Nueva York en esta época del año.

Llevo uno de los conjuntos de mi última caja de estilismo, unos shorts vaqueros blancos y una camiseta de tirantes con un bonito estampado de inspiración asiática. Incluso me he puesto pendientes, un par de aros dorados, y me he maquillado los ojos con difuminador, un *look* que he decidido lucir normalmente a partir de ahora; en mi opinión, a un artista como Garrett, el equivalente a una estrella del rock en el mundo de la pintura, le sienta bien tener una pareja con los ojos ahumados.

Recorremos las distintas salas del interior del museo y nos abrimos paso entre la multitud mientras admiramos todas las exposiciones. Llegamos a una sala alargada y estrecha en la que la exposición está suspendida encima de nuestras cabezas, sujeta y protegida por una barrera transparente. Una variedad de esculturas multicolores de vidrio de distintas formas y tamaños, algunas con motivos de flores, otras con diseños acuáticos, cuelgan dispersas, entrelazadas o apiladas unas encima de otras. La luz se filtra desde arriba, proyectando fragmentos de luz multicolor sobre las paredes desnudas.

Con la cabeza inclinada hacia atrás, camino lentamente para poder asimilarlo todo.

Las manos de Garrett me atrapan por detrás, rodeándome la cintura.

—Deberíamos ir a ver su instalación en el Bellagio de Las Vegas —susurra—. Tal vez empezar nuestra luna de miel ahí antes de viajar a destinos desconocidos.

Me paro de golpe, sin saber si he oído bien. Me vuelvo para mirarlo a la cara.

—¿Acabas de proponerme matrimonio?

Sus preciosos ojos destellan cuando me contesta.

—No. No tendrás ninguna duda cuando lo haga. Sólo lo estaba planteando. Dándote un poco de tiempo para que te hagas a la idea.

Lo miro entornando los ojos.

—A lo mejor soy yo quien acaba proponiéndotelo primero.

Sonríe.

—Pues entonces será una carrera.

—Vosotros dos pasáis más tiempo mirándoos el uno al otro que mirando las obras de la exposición —nos pincha Mike mientras pasa por nuestro lado con Roxy del brazo.

—No puedo evitar sentirme atraído por lo más hermoso que hay en esta sala.

Garrett me atrapa por el codo y me lleva a la siguiente exposición.

Me apoyo en él.

—¿Cómo puede ser que estés cada día más guapo y también más cursi?

Me guiña un ojo.

—Todo es a base de dedicación, doctora. Y predisposición natural.

A lo largo de la mañana visitamos también la Space Needle, sacándonos fotos en los bancos de plexiglás transparente del mirador renovado, además del Mo-POP, el famoso museo de cultura pop, donde pasamos la mayor parte del tiempo en la exposición de Prince. Luego damos un paseo por los espacios exteriores del Seattle Center, donde descubrimos por casualidad el Festival de Polonia, que se celebra en la explanada del Armory and Mural Amphitheatre.

En el escenario, las parejas vestidas con coloridos trajes folclóricos bailan al son de una música muy animada. Los puestos de comida rodean el césped, donde los asistentes están sentados en mantas de pícnic y sillas plegables, y se ha habilitado un área especial para montar una cervecería al aire libre. Veo mesas de manualidades para niños, vendedores de camisetas y regalos, muestras de arte popular y muchas más cosas.

—Vamos a tomar algo de beber —propone Roxy mirando hacia la cervecería.

Nos dirigimos hacia la valla blanca que delimita el espacio y encontramos una mesa vacía protegida por una sombrilla que anuncia una cerveza polaca. Roxy y yo nos sentamos a la sombra.

—Yo voy a tomar una cerveza —le dice Mike a Roxy—. ¿Quieres una o prefieres vino?

—Una copa de vino suena bien.

Garrett me mira.

—¿Quieres un agua o un refresco?

—Mmm... —Sonrío—. Creo que voy a tomar una copa de vino yo también. Un chardonnay, si tienen.

Roxy aplaude.

—Cuidado, Garrett. Se está soltando la melena.

Él sonríe.

—No pasa nada, puedo manejarla.

Mientras los hombres se alejan, Roxy me agarra del brazo y se inclina hacia delante.

—Está bien, Mike me ha dicho que no diga nada, pero tengo que preguntártelo: ¿estabais hablando de matrimonio en el Chihuly?

Le lanzo una mirada elocuente.

—En plan abstracto. No te emociones.

—Ay, Dios mío.... —Sus ojos se llenan de lágrimas—. Me alegro tanto por ti... Me alegro tanto por los dos...

—Roxy, ¿qué acabo de decir? No estamos comprometidos. Seguimos como antes.

—Pero es un desenlace inevitable. Y eso me hace muy feliz. Cuando pienso en lo que habrá pasado ese hombre, encontrar ahora a alguien como tú... Y pienso en los hombres con los que intenté emparejarte. —Se tapa la cara con las manos y suelta una risa llorosa—. Tenías razón al esperar a que apareciera Garrett.

—Roxy, vamos. —No puedo evitar reírme yo también—. Mike se va a asustar si te ve llorar.

—Lo sé. —Rebusca en su bolso bandolera y saca un paquete de pañuelos—. Soy una romántica incurable, ¿qué quieres que haga?

—¿Qué está pasando? —pregunta Mike cuando vuelve a la mesa con una copa de vino en una mano y una cerveza en la otra. Mira a su mujer y los pañuelos que está sujetando—. ¿Qué pasa?

—Nada, son las alergias. Estoy metiéndome con Teagan porque se va a emborrachar.

Aparto el asiento a mi lado para que se siente Garrett y él se acomoda ágilmente, dejando nuestras bebidas delante de nosotros. Desplaza la mano a mi muslo, calentándome la piel desnuda.

—Sálvame —le pido.

Sonríe.

—Estoy trabajando en ello.

Sólo me he tomado una copa de vino, pero un año de abstinencia hace que se me suba rápidamente a la cabeza. Estoy un poco mareada y me río por cualquier cosa. Roxy, Mike y Garrett se han tomado dos copas, pero estoy segura de que están mucho más sobrios que yo.

Garrett esboza una sonrisa indulgente mientras continuamos avanzando por el Seattle Center, agarrados de la mano. Nos detenemos a comprar helado en un quiosco, luego seguimos andando y, al doblar una esquina, nos encontramos con la fuente, la célebre International Fountain. A medida que nos acercamos, la música y la risa de los niños compiten con el sonido de las salpicaduras de agua.

Ubicada dentro de una amplia extensión de césped, la fuente en sí es una semiesfera plateada en el centro de un gigantesco espacio circular, hundido en el suelo. Los visitantes se sientan alrededor del borde y también más abajo, en los costados en pendiente. Niños y adultos se divierten en medio de los chorros de agua, algunos completamente vestidos, otros en bañador.

—Me encanta este sitio —dice Roxy, protegiéndose los ojos con unas gafas de sol de estilo retro—. Siempre parece lleno de alegría.

Nos lleva hasta la orilla y se sienta, con las piernas estiradas hacia la fuente. Mike se sienta a su lado.

Miro a Garrett con el gesto tenso.

—¿Estás bien?

Asiente, con el reflejo de los niños jugando en sus gafas de espejo.

—Estoy bien.

Ofreciéndome la mano para mantener el equilibrio, espera a que yo tome asiento antes de acomodarse él. Permanecemos sentados el uno junto al otro, comiéndonos el helado. La música instrumental que suena no me resulta familiar, lo que me permite escucharla. Garrett escucha siempre música cuando está trabajando, y poco a poco yo me estoy volviendo a acostumbrar a ella. Todavía hay momentos en que una canción me traslada a un lugar o un momento concreto que me duele recordar, pero también estoy haciendo progresos en ese aspecto.

Día a día, estoy desprendiéndome de una capa tras otra y haciendo frente a nuevos retos.

—¡David!

Todo mi cuerpo se pone rígido al oír a una mujer pronunciar ese nombre. Miro a Garrett para asegurarme de que está bien. Se acerca y me agarra la mano, apretándola con aire tranquilizador.

Vuelvo a mirar a la fuente, observando. Veo a una mujer pelirroja con una toalla en la mano, persiguiendo a un niño pelirrojo de unos cinco años que no tiene el más mínimo interés por irse. Sin dejar de lamer mi helado de chocolate con menta, sigo la pequeña escena que se desarrolla ante mis ojos.

A pesar de la multitud que me rodea, no siento ningún síntoma de ansiedad cuando otro niño aparece saliendo de su escondite al otro lado de la fuente. Éste es mayor, de unos siete u ocho años tal vez. Tiene el pelo oscuro, los ojos negros y la mandíbula cuadrada. Se ríe mientras persigue a una niña vestida con unas mallas rosas y un tutú a conjunto. Los dos están empapados y van descalzos.

El helado derretido me resbala por los dedos mientras los miro. El niño es alto y delgado para su edad. Tiene las pestañas gruesas y salpicadas de agua, y saca la lengua para relamerse. Aparte de los ojos, se parece tanto a Garrett que mi cerebro apenas consigue procesarlo.

Con el corazón desbocado, me pongo de pie.

—¿Doctora?

Es como si la voz de Garrett viniera de muy lejos, lo que hace que me sea más fácil ignorarla. Empiezo a bajar por la pendiente hacia la fuente.

Roxy se ríe a mi espalda.

—¡Creo que se va a ir directa al agua!

Mike le dice algo como respuesta.

—Teagan. —Ahora la voz de Garrett ha adquirido un tono más nervioso.

—¿Lo has visto? —le pregunto mientras me alejo—. ¿Lo has visto?

—¡Teagan!

Llego abajo de todo. El viento me lanza una salpicadura de agua, empapándome por completo. Los niños corren a mi alrededor, arrojándose hacia delante y hacia atrás mientras juegan al pillapilla con el agua. La pequeña bailarina pasa corriendo y el niño de pelo negro la persigue.

—Perdona —llamo al niño, pero se escapa, sin saber que le estoy hablando a él.

Garrett me agarra del brazo y tira de mí hacia atrás cuando empiezo a avanzar.

—¿Qué demonios estás haciendo?

—¿Lo has visto? Se parece a David.

Aprieta la mandíbula.

—Vámonos de aquí.

—Aún no.

Me agarra la parte superior de los brazos y me zarandea un poco. El helado se me cae al suelo y se estrella con un chapoteo en el agua a mis pies.

—Ése no es David.

—Ya lo sé. Ni siquiera lo has mirado. —Volviendo la cabeza, veo al niño de nuevo y señalo—. ¿Lo ves? Es igual que tú, sólo que con mis ojos. Tiene la misma edad.

Roxy se reúne con nosotros.

—¿Va todo bien?

—Tenemos que irnos —dice Garrett tajante—. Teagan está cansada.

—No estoy cansada —protesto—. Sólo quiero hablar con él un momento.

—¡No puedes hablar con ese niño! —suelta—. Eres una extraña para él. Lo vas a asustar. Asustarás a sus padres. Tenemos que irnos.

—Garrett, no te...

Levantándose las gafas de sol para ponérselas en la cabeza, me mira con los ojos llenos de lágrimas.

—No es nuestro hijo, Teagan. No es nuestro David. David está muerto.

Esas tres palabras me traspasan el pecho como una lanza. La expresión desconsolada de Garrett me duele en el alma. Su rostro se vuelve borroso cuando unos cálidos lagrimones me ruedan por las mejillas.

—¡Ya sé que está muerto! —le grito sollozando mientras otra lluvia de agua nos empapa a los dos—. No hace falta que me lo digas.

Llevo tanto tiempo conteniendo las lágrimas... Ahora que las he liberado, no puedo parar.

—Ya sé que no es él. Ya lo sé... Dios, ¿crees que estoy loca?

—Ven aquí. —Garrett me estrecha en sus brazos con una fuerza insoportable.

Mientras mis lágrimas le empapan la camiseta, todo su cuerpo tiembla contra el mío.

16
GARRETT

Estoy en el umbral de uno de los dormitorios de la planta inferior de la casa de Teagan. El mero hecho de ver la habitación me resulta tan doloroso que ni siquiera puedo entrar.

Ahí está la cama de David, intacta. Ahí está su estantería y su caja de juguetes. Su ropa cuelga en el armario. Las fotos enmarcadas que reconozco de nuestra vida anterior están desperdigadas por todo el cuarto: nuestra foto de boda, una foto de David tomada justo después de nacer, fotos de cumpleaños, fotos de la escuela, de las vacaciones...

¿Por qué nunca hasta ahora había venido aquí?

Cerrando la puerta, miro hacia la segunda sala de estar de esta planta inferior. Como la de la planta de arriba, es perfectamente retro y completamente aséptica. Sólo el dormitorio conserva alguna parte de la mujer que amo.

El sonido de alguien llamando a la puerta de entrada con golpes suaves y tímidos baja por la escalera. Subo los escalones de dos en dos hasta la planta principal con la intención de abrir antes de que llamen al timbre y éste despierte a Teagan. Al abrir la puerta, no me sorprende en absoluto ver a Roxanne.

—Hola —me saluda en voz baja—. ¿Cómo estás? ¿Está bien Teagan?

No detecto en Roxy rastro alguno de la luz que acostumbraba a ver irradiar en sus ojos. Suelto un suspiro. Tendremos que reparar esta relación también. El dolor de la pérdida es como un espejo roto: la grieta central se extiende ramificándose por todas partes.

—Está durmiendo. —Señalo con la mano hacia la cocina—. Estaba a punto de tomar una copa. ¿Quieres beber algo conmigo?

—Por supuesto.

Entra y mira alrededor, como si esperara que la casa tuviera un aspecto distinto.

Me dirijo a la cocina.

—Me he traído una botella de whisky de mi casa, pero Teagan tiene una botella de vino en la nevera.

Roxy se ríe con una risa desprovista de humor.

—Le regalé esa botella cuando se mudó aquí. ¿Crees que todavía estará bueno?

—Podemos averiguarlo.

Procedente de una bodega australiana, la botella tiene tapón de rosca. La abro, lo huelo, luego vierto el vino en una copa y tomo un sorbo.

—Sí, está bien.

Roxy acepta la copa que le ofrezco y toma un buen trago mientras yo me sirvo un generoso vaso de whisky. Me siento con ella a la mesa.

Me mira fijamente.

—Estoy muy confusa, la verdad.

—Me lo imagino.

Tomo un largo trago, sintiendo una quemazón en la garganta a medida que baja el alcohol.

—¿Teagan es tu esposa?

—Lo era. Nos divorciamos unos meses después de perder a David.

—Ah. —Envuelve la copa de vino con las manos—. Supongo que eso debe de ser bastante frecuente tras la pérdida de un hijo en común.

—Eso es un mito. —Percibo la irritación en mi voz y me arrepiento al instante—. Lo siento.

—No pasa nada.

Continúo hablando, esta vez en un tono más suave:

—Sólo el dieciséis por ciento de las parejas se divorcian, y generalmente no es como consecuencia de la muerte, sino porque las cosas no iban bien de todos modos y el hijo era el nexo que mantenía unido al matrimonio. —Tomo otro trago—. Al menos eso fue lo que pasó en nuestro caso.

Roxy también toma otro sorbo y luego juguetea con el tallo de la copa.

—Parecía sorprendida cuando los dos os tropezasteis en la calle por primera vez.

—Sí, bueno, yo me quedé aún más sorprendido cuando me la presentaste y ella no te sacó de tu error. La verdad es que me cabreó mucho, sinceramente. Era como si hubiera borrado por completo toda nuestra vida en común, como si la hubiera eliminado de un plumazo. —Tomo otro sorbo, paladeando el licor en mi boca antes de tragarlo—. Cuando acabé de gritarle toda mi rabia a mi psicoterapeuta, me habló de algo llamado duelo patológico.

—Justo estuve leyendo sobre eso el otro día.

Asiento con la cabeza.

—Una vez que hube comprendido que Teagan no sólo no lo había superado, sino que ni siquiera lo había empezado a asimilar, supe que me necesitaba tanto como yo a ella.

—No tenía ni idea —comenta Roxy en voz baja.

—Me daba miedo decírtelo.

Ambos volvemos la cabeza al oír el sonido de la voz de Teagan. Está en el umbral de la cocina, con la cara pálida y los ojos hinchados. La ayudé a ponerse una camiseta extragrande después de quitarle la ropa manchada de helado que llevaba puesta. Parece muy pequeña y perdida, y la ristra de pecas en su nariz y en las mejillas es muy visible en contraste con su piel pálida.

Me pongo de pie, me acerco a ella y le aparto el pelo de la cara. Se pasó todo el camino de vuelta a casa llorando, con sollozos y espasmos violentos que me desgarraban el corazón.

—Estoy bien —me dice rodeándome las muñecas con las manos. Se le ha corrido el maquillaje, formando unos cercos oscuros alrededor de sus ojos.

Es tan hermosa... He estado dibujando su cara durante años en cuadernos, en las servilletas, en los folletos publicitarios. Podría dibujar con los ojos cerrados el óvalo de su cara, el resalte de sus pómulos y la forma almendrada de sus ojos.

—Siento lo que pasó en la fuente, Garrett.

Le acaricio la frente con los labios.

—No te disculpes.

—No sé qué fue lo que me entró. —Se encoge de hombros con aire torpe—. Quiero sentarme.

Le ofrezco una silla y luego me dirijo a la cocina a buscarle un vaso de zumo.

Roxy se muerde el labio inferior, a todas luces sin saber qué decir o hacer.

—Necesitaba que fueras mi amiga, Roxy —explica Teagan en voz baja—. Muchos de nuestros amigos desaparecieron cuando perdimos a David, y los que se quedaron nunca volvieron a mirarnos de la misma forma. Se vuelve insoportable. Las miradas de lástima. La gente que te trata como si fueras a derrumbarte en cualquier momento. El hecho de que dejen de reír cuando están contigo. Es difícil soportar esa carga extra cuando ya te sientes absolutamente aplastada.

Roxy está llorando cuando vuelvo a la mesa y dejo el vaso de zumo de naranja frente a Teagan.

—No puedo enfadarme contigo —dice ella limpiándose la cara con las manos—, no después de la forma en que me comporté cuando Garrett nos habló de David. Simplemente, me produce mucha tristeza pensar que has vivido todo eso tú sola todo este tiempo. Y estoy segura de que debo de haber dicho cosas hirientes sin ni siquiera darme cuenta.

Arranco un trozo de papel de cocina del rollo y se lo alargo.

Me mira.

—Gracias. Pero vosotros dos volvéis a estar de nuevo juntos, ¿no es así? ¿Eso es verdad?

Dirijo mi atención a Teagan. Se ha estado abriendo como una flor en las últimas semanas, pero ahora vuelve a estar encerrada en sí misma una vez más. Aun así, detecto una firmeza nueva en su mirada. Me sorprendo albergando la esperanza de que haya dado un paso definitivo. Y si no lo ha hecho, bueno..., es cuestión de tiempo. Lo conseguiremos. Lo sé con toda certeza, y con eso me basta.

—Todo ha sido real, Roxy —contesta ella con gesto serio—. Hay algunas cosas que no sabías, pero todo lo que sabes es absolutamente cierto.

Teagan me mira a los ojos durante un instante de conexión antes de volver a mirar a su amiga.

—Creo que esta vez hemos cambiado lo suficiente para que funcione. No lo esperaba. Cuando Garrett me escribió, preguntándome si estaba dispuesta a intentar

232

empezar de cero, dije que sí sólo porque sentía que se lo debía a David. Estábamos tan rotos cuando nos divorciamos... En algún lugar del camino perdimos el amor que sentíamos el uno por el otro.

—Yo todavía te amaba —replico, de pie junto a la isla, pues soy incapaz de sentarme. Ya me resulta bastante difícil intentar quedarme quieto—. Acepté el divorcio porque quería que fueras más feliz. Ya habías sufrido un infierno con Kyler cuando nos conocimos. No quería que sintieras que habías escapado de un matrimonio horrible para quedarte atrapada en otro.

Frunce el ceño.

—Pero cuando no te opusiste, di por sentado que para ti lo nuestro había terminado.

Roxy desplaza la mirada de Teagan a mí y luego vuelve a mirarla a ella. Parece sentirse avergonzada pero fascinada a la vez, y no me importa que esté asistiendo a esta discusión, la conversación que hace tanto tiempo que nos debíamos los dos. Porque está aquí por Teagan, ofreciéndole su apoyo.

—Ya habíamos tenido suficientes peleas. —Me paso una mano por la mandíbula, recordando aquellos días oscuros y dolorosos—. Cuando conseguí ver las cosas con más calma y poner mi cabeza en orden, me di cuenta de que, si no eras feliz, la solución no era dejar que te fueras. La solución era esforzarse más.

Teagan me mira fijamente durante un minuto largo.

—Me voy a ir. —Roxy se pone de pie—. A Mike y a

mí nos encantaría que vinierais los dos a cenar mañana. Me dijo que te dijera que hace demasiado tiempo que no prepara ninguna pizza.

Una lágrima se desliza por la mejilla de Teagan.

—No nos perderíamos la pizza de Mike por nada del mundo.

—Genial.

Roxy se dirige al fregadero, pero yo le recojo la copa.

—Yo me encargo de esto.

Toma mi cara en sus manos y me da un beso en la mejilla.

—Llámame si necesitas algo.

Teagan y yo la vemos marcharse. Luego me acerco al fregadero, lavo la copa y la dejo en el escurreplatos. Me sobresalto cuando los brazos de Teagan me rodean por detrás, y luego me relajo en el abrazo. Presiona la mejilla contra mi espalda. Enredo mis brazos en los de ella.

—¿Y ahora qué? —pregunta, su aliento suave y cálido al entrar en contacto con mi piel.

—Mmm... ¿La cena?

Se aparta y me vuelvo para mirarla. Veo a nuestro hijo en muchos de sus rasgos, en sus ademanes, en su risa. En estas últimas semanas me he dado cuenta de que todavía está con nosotros, de muchas formas distintas.

—Hoy cocino yo —se ofrece.

Siento cómo se desvanecen los últimos rastros de mi tensión.

—¿Ah, sí?

—Voy a hacer espaguetis. Siempre te han gustado mis espaguetis.

—Así es. Estoy deseando volver a comerlos —digo, y me quedo muy corto. Poder revisitar nuestro pasado, aunque sea con algo tan simple como la comida favorita que solía preparar para nuestra familia, es algo que he estado deseando con tantas fuerzas que me horadaba un profundo pozo de dolor en el corazón.

Desliza las manos arriba y abajo por mis brazos, con la mirada fija en los tatuajes que los cubren.

—Esto debió de dolerte.

—Ése era el objetivo al principio.

Teagan me mira.

—Tus tatuajes me resultan muy sexys.

—Me alegra oír eso.

El calor, compitiendo con la quemazón del whisky, se extiende por todo mi cuerpo.

—¿El dibujo tiene algún significado concreto?

Asiento con la cabeza.

—Son laberintos. Uno empieza y termina en mi corazón; el otro empieza y termina en la vena del pulso de mi muñeca derecha.

Abre enormemente los ojos mientras asimila mis palabras, resiguiendo con la mirada los remolinos y los ángulos del dibujo.

—David era mi sangre —le explico—. Tú eres mi corazón. Sean cuales sean las vueltas y los giros que dé la vida, todo empieza y termina con vosotros dos.

Las lágrimas asoman a sus ojos, pero no caen.

—Voy a seguir el trazo de los dos —me comunica con la voz ronca por la emoción.

Se agarra a mis bíceps para mantener el equilibrio mientras se pone de puntillas para besarme en la mandíbula.

—Eso podría llevarte mucho tiempo —señalo—. Años, probablemente.

—Tengo todo el tiempo del mundo: no voy a irme a ninguna parte.

Apoya la mejilla en mi pecho.

—Te quiero —le digo con las manos en sus caderas. Una vez más, eso es quedarme muy corto, son palabras incapaces de transmitir la intensidad de la emoción que siento.

Retrocediendo un paso, Teagan sonríe y veo cómo el brillo de su sonrisa ahuyenta algunas de las sombras de sus ojos.

—Yo te quiero más —replica ella.

—Eso me parece perfecto.

Me recuesto en el fregadero y la atraigo al espacio que hay entre mis piernas abiertas, reteniéndola a mi lado. La retendré a mi lado hasta mi último aliento.

—Paso a paso, ¿verdad? —murmura.

—Sí, doctora. Así es como lo haremos. Paso a paso.

AGRADECIMIENTOS

Todo mi agradecimiento a Hilary Sares, por ocuparse de revisar mi borrador.

Gracias a mi agente, Kimberly Whalen, por sostener la espada mientras yo sostengo mi pluma.

Gracias a mi querida amiga y colega, la autora Karin Tabke, por demasiadas cosas para poder enumerarlas todas aquí.

Y gracias a mi editora, Anh Schluep, por proponerme escribir para ella. El resultado final es esta historia. Teagan y Garrett significan mucho para mí. Estoy muy agradecida por el tiempo que he pasado con ellos.